한 우물을 파면 강이 된다

한 우물을 파면 강이 된다

김 윤 환 지음

문이당

독서 학교에는 지각이 없다

필자는 반세기 동안 책과 함께 살고 있으며, 책과 독자를 만나게 하는 서점 경영인입니다. 좋은 책을 소개하고 선물하는 독서애호가이며, 독서를 권장하는 책을 여러 권 펴낸 저자이기도 합니다.

50년이면 강산이 다섯 번 변하는 시간입니다. 단일 업종으로 50년을 지속한 기업은 많지 않습니다. 50년 동안 서점 경영 외에는 한눈 팔지 않았습니다. 책 사랑, 독서 사랑이 아니면 불가능한 일입니다.

책을 통해 지식을 얻고 위로를 받았으며, 책을 통해 자기 세계에서 우뚝 선 사람들의 이야기를 들었습니다. 자신의 분야에서 일가를 이룬 예술인, 학자, 정치가, 초야의 선비들은 자신의 발전을 에너지로 삼아 이웃들과 사회, 국가와 인류에 기여한 공통점을 발견했습니다. 그들의 머릿속과 심장에는 책이 있었습니다. 독서의 에너지가 그들을 만들었습니다. 독서의 힘, 간단하지만 놀라운 에너지입니다. 그들의 이야기를 엮어 보았습니다. 그들의 에너지가 당신의 가슴에 스며들 것입니다.

독서를 통한 자기발전과 사회발전, 그리고 국력향상에 기여하기 위해 이 책을 세상에 내놓습니다. 독서를 외면하고 있는 현실에 대한 안타까움도 이 책을 엮은 목적 중 하나입니다. 서서히 데워지는 온돌처럼 독서의 온기가 세상에 퍼지길 기대합니다.

사람이 태어나는 것은 순서가 있습니다. 그러나 죽는 것은 순서가 없습니다. 살아 있는 동안 해야 할 일, 해볼 만한 일들이 많습니다. 그 중에 후회 없이 해볼 만한 것이 독서입니다. 무궁무진하게 대기하고 있는 것이 책입니다. 다행스럽게도 독서에는 지각이 없습니다. 빠를수록 좋지만 늦어도 누가 탓하지 않습니다.

인류사에 족적을 남긴 위인들, 이름난 문장가들은 어렸을 때부터 독서의 맛을 알았습니다. 그 자양분으로 한 분야에 일가를 이루었습니다. 늦은 나이에 공부하여 크게 성공한 사람들도 있습니다.

성공과 성취는 얼마나 정성을 쏟았느냐에 달려 있습니다. 일찍 시작하고 늦게 시작하는 것은 크게 문제될 것이 없습니다.

애인은 나를 기다려 주지 않지만 책은 나를 기다립니다. 애인은 내게 마음을 쉽게 열지 않지만 책은 언제든지 가슴을 펼칩니다. 애인은 내게 무언가를 자꾸 요구하지만 책은 그가 가진 영양분을 아낌없이 퍼 줍니다.

당신은 이미 독서학교 출석부에 이름이 올려져 있습니다. 지각했다고 꾸짖지 않습니다. 독서학교는 바다와 같습니다. 태평양보다 넓습니다. 겁먹을 필요는 없습니다. 자유형, 배영, 평영, 접영, 혼합형으로 진기한 바다 속 풍경을 감상하며 마음대로 헤엄치다보면 당신이 원하는 그곳에 닿습니다. 울릉도, 독도, 제주도 혹은 알래스카, LA, 남반구의 어느 섬에 닿습니다. 거기는 당신의 땅, 당신이 교장, 당신이 주인입니다.

이 책은 월간《시민시대》에 연재한 내용과 독서와 책에 관한 여러 저작물들을 참고했습니다. 그 책들을 읽는 동안 즐거움과 자극이 동반했습니다. 지치지 않고 책 속으로 계속 걸어가고 싶습니다. 참고한 책과 자료는 책의 마지막에 밝혀두었습니다.

2019년 7월
독서학교의 오래된 학생
김 윤 환

차례

2장

치유와 성공은 독서에 있다

3장

내 가는 길에 동반자, 책

4장
독서는 거인의 어깨에 올라서는 것이다

5장

한 우물을 파면 강이 된다

6장

독서와 책에 관련된 이야기들

1장
책 읽는 연예인은 롱런한다

연예인은 바쁘다. 꽉 찬 스케줄은 연예인의 전용어다. 그래서 독서는 연예인과 어울리지 않는 것 같다. 자신의 삶이 아닌 연기자의 삶 때문에 그렇게 느껴진다.

연예인 모두가 그럴까? 아니다. 자신의 내면 가꾸기를 게을리 하지 않는 연예인도 많다. 바쁜 스케줄에도 손에서 책을 놓지 않는 '독서광'들이 있다. 책에서 지혜와 내공을 얻는 연예인이 있다.

그들의 연기와 노래는 깊은 맛이 있다. 이들은 멋진 외모만큼이나 내면의 아름다움까지 갖췄다. 독서가 이들의 연기에, 노래에 영감을 주고 에너지를 준다. 팬들은 이들의 그윽한 내면성과 지적인 아름다움을 놓치지 않는다.

그래서 그들은 박수를 받고 롱런한다.

자유인 '조르바'처럼 살고 싶다
– 국민배우 최불암

'아버지'하면 떠오르는 인물이 있다. 최불암이다. 사람들은 그를 보고 '바로 내 아버지가 저랬다', 혹은 '내 아버지가 저랬으면', 또는 '내가 저런 아버지였으면' 하고 생각한다. 60여 년 연기 인생을 살고 있는 최불암. 〈전원일기〉 22년간 방영, 〈수사반장〉 18년간 방영 등 국내 드라마의 전설이다. 〈차마고도〉, 〈한국인의 밥상〉 등 다큐멘터리의 내레이션을 맡아 찡한 감동을 주었다. 대중들은 그에게 '국민배우', '국민 아버지'라는 호칭을 헌정했다.

그의 인생에서 사고의 근원을 제공해 준 책은 중학생 때 읽은『인간의 조건』이다. 일본 소설가 고미카와 준페이가 쓴 이 책은 전쟁이라는 극한 상황에서 남녀 간의 사랑을 다루며 휴머니즘의 시각에서

전쟁의 비인간성을 비판한 것이다. 그는 이 책을 통해 역경 속에서도 인내하는 남자의 길과 인도적 정신을 배웠고, 인간을 무모하게 살생하는 전쟁에 반대하는 사고를 갖게 되었다.

그는 한국 현대 문학사를 장식한 여러 명사들과 친분이 많다. 이는 어린 시절 그의 어머니가 명동에서 운영한 술집 '은성'이 당대의 문학가들의 사랑방 역할을 했기 때문이다. 박인환, 한하운 등 유명인사들이 외상으로 막걸리를 많이 마셨다. 어린 최불암에게도 한 잔씩 권하기도 했다. 명동 유네스코 회관 맞은편에는 '은성주점 터'라고 쓰인 표지석이 남아 있다. 어머니가 타계하신 뒤 은성의 외상장부를 손에 넣고 외상값을 모두 받으면 부자가 될 거란 생각을 했다. 장부를 펼쳐보니 장부의 내역이 모두 암호로 되어 있었다. 그것으로 큰 깨달음을 얻었다.

최불암은 악역에 어울리지 않는 배우다. 최불암이 악역으로 나오는 영화, 드라마를 본 적이 없다. 배우로서는 불행한 일이다. 강한 캐리터는 악역에서 나온다. 진중하고 믿음직한 인상과 연기가 그의 캐릭터로 굳어졌다. 코믹한 연기가 없는 것은 아니지만 그는 중심이 든든해야 하는 불행한 아버지다. 그러나 그의 내면에는 자유분방함의 불꽃이 타오르고 있다.

최불암은 모 일간지 인터뷰에서, 자신의 인생에서 수십 년 동안 영향을 미치고 있는 작품이 있다고 했다. 현대 그리스 문학을 대표하는 작가 니코스 카잔차키스의 장편소설 『그리스인 조르바』이다. 이 소설이 출판될 당시 동방정교회는 대놓고 카잔차키스를 비난했다. 소설에 등장하는 수도자인 자하리아가 수도원에 불을 지르는 장면이나 조르바의 난잡한 행동 등을 놓고 신성모독으로 여겼던 것이다. 카잔차키스는 노벨문학상 후보에 1951년과 1956년 두 번 올랐지만 그의 무신론적 성향이 문제가 되어 결국 수상하지 못했다.

1983년 미국 뉴욕 브로드웨이를 방문한 최불암은 뮤지컬로 만들어진 〈그리스인 조르바〉를 우연히 접했다. 당시 40대 초반이었지만 자유롭고 유쾌한 60대 노인 조르바에게 빠져들었다. 한국에 돌아온 후 그는 소설 『그리스인 조르바』를 읽었다. 1964년 앤서니 퀸이 주연을 맡은 영화도 찾아봤다. 그때부터 30년 가까이 그는 조르바를 꿈꿔왔다.

이 소설은 '펜대 운전수'라 불리는 작중 화자(나)가 막노동판 십장 분위기를 풀풀 풍기는 예순 줄의 그리스인 조르바를 만나 크레타 섬에서 함께 갈탄광 사업을 벌이다 실패하면서 겪는 이야기다. 지식인과 막노동꾼, 젊은 축과 늙은이, 신사와 방탕아라는 대립을 이루는 두 사람이 만드는 대화가 이 소설의 핵심 줄거리다.

조르바는, 어느 마을에나 처음 가면 과부 있는 집을 찾아가서 잠도 자고 재미도 본다는 말을 아무 거리낌 없이 내뱉는다. 학교에서 무언가를 배운 적도 없고, 남들처럼 책을 읽어 그 속에서 교훈을 얻은 적도 없다. 그가 삶을 배운 곳은 바로 삶 그 자체다. 어린 나이에 크레타 독립전쟁 의용군이 되어 사람을 죽이고, 잡상인이 되어 여기저기 물건을 팔며 떠돌아다녔다. 어지간한 막노동은 안 해본 것이 없다. 조르바는 말과 행동이 거침없고 예순이 넘은 나이에도 여자만 보면 '미쳐 날뛰는' 야성적인 남자다. 물질과 이성이 아닌 정신과 본능에 따라 거침없이 사는 자연인이다. 믿음직하고 기대고 싶은 연기자 최불암. 그의 내면에는 뜨거운 야성이 있다. 야성이 없으면 연기에 힘이 없다.

요즘 드라마의 현실에 대해서도 원로로서 일침을 가한다. 가벼운 연애 이야기가 넘쳐날 뿐 가정과 사회문제를 깊이 바라보고 좋은 방향으로 이끌어갈 만한 내용은 보기 힘들다. 그는 작가들이 그런 사회에 대한 책임감을 가지고 글을 써 줬으면 한다고 바랐다. 더불어 젊은 배우들이 너무 외모에만 신경을 쓰는 것 같아 아쉽다고도 했다. 그의 충고는 서늘하다. 얼굴이 잘 생기지 않아도 좋은 옷을 입지 않아도 정신과 주장이 뚜렷한 배우가 되어야 한다. 요즘 촬영장에 가보면 코디들이 붙어 머리카락 하나도 예쁘게 다듬어 주고 있다. 배우는 외모만 중요한 게 아니라 정신이 더 중요하다.

연기 인생 60년의 배우가 들려 주는 이 말에 그가 왜 국민배우인지를 실감할 수 있다. 최불암의 외면에는 푸근한 아버지가 있지만 내면에는 꺼지지 않는 조르바의 불꽃이 있다. 우리 가슴에도 꺼지지 않는 불꽃이 있어야 한다. 불꽃이 없는 삶은 식은 재다. 우리의 가슴에 고래를 키우고 사자를 키우자.

고래와 사자의 모델을 책에서 찾아 가슴에 심자. 얼굴에 주름이 느는 것을 걱정할 필요가 없다. 그것은 돈 주고도 못 사는 훈장이다. 우리가 걱정할 것은 가슴의 불꽃이 식는 것이다.

고된 일정에도 독서를 한다
– 국민배우 이순재

이순재는 서울대 출신 연예인 1세대다. 김태희, 이적, 유희열, 김정훈, 서경석, 장기하, 감우성, 이하늬, 김창완, 루시드폴, 버벌진트, 뮤지컬배우 김소현 등도 서울대 출신이다. 공부의 신들이 모인 서울대 출신이 연예인이 된다는 건 신기하다. 이순재는 현역 최고령 배우이자 최고참 배우이다. 연예인 전체를 통틀어도 이순재보다 고참은 송해가 유일하다.

이순재는 '독서 사랑인'이다. TVN 〈꽃보다 할배〉 그리스 편에서는 그리스 여행에 나선 할배들과 이서진, 최지우가 나온다. 연출된 연기가 아니어서 생동감, 긴장감이 있어 시청자의 공감을 산 프로그램이다. 그 중 이순재는 고된 일정에도 불구하고 잠들기 전 책을 손에서 놓지 않았다. 침대에 누운 채 독서를 하다가 잠에 빠져들었다. 무슨 책을 읽었을까? 화면에 잡히지 않았다.

다음날 아크로폴리스에 갔을 때 이순재의 독서가 빛을 발했다. 건축물에 대해 박학한 지식을 털어놓았다. 아는 만큼 보인다. 책에 정답이 있다. 귀찮고 피곤해서 정답을 찾지 않을 뿐이다. 국민배우 이순재는 책 선물을 가장 좋아한다. 촬영 중에도 틈틈이 책을 읽는다.

이순재는 언제나 에너지가 넘친다. 무엇보다 살아온 날들에 대한 후회가 아닌 기쁨과 즐거움에 대해 얘기하는 순간이 더 많다. 최근 각종 예능프로그램, 영화정보 프로그램 그리고 수십여 개의 언론 인터뷰까지 소화한다.

노년 연기자의 자세에 대한 그의 지론과 충고는 확고하다.

나이 먹은 사람들이 퇴조할 수밖에 없다. 눈에 띄는 역할이 아니기 때문이다. 그래서 용돈이나 벌기 위해 타성에 젖어서 출연한다. 그것을 경계해야 한다. 노년 배우들은 남다른 욕구와 열정이 있어야 한다. 나문희 씨가 영화 〈아이 캔 스피크〉로 상을 타는 것을 보고 너무 기분이 좋았다. 나이가 들수록 대충 연기하지 말고 열심히 해야 한다.

이순재에게 놀라는 점은 암기력이다. 지금도 한국 역사는 물론 미국 역대 대통령의 이름까지 줄줄 외운다. 자연스럽게 인터뷰에서도 미국의 역사와 과거 자신이 사극에서 맡았던 인물에 대한 얘기를 줄줄 쏟아냈다.

대사를 외우는 것은 배우에게 필수적이다. 그래서 암기력을 유지하는 노력을 해야 한다. 늘 자신을 단련해야 한다. 그래서 연극을 자주 한다. 평상시 재미 삼아 미국 대통령 이름을 외우기도 한다. 단순히 외우는 것뿐 아니라 당시의 역사를 생각하며 외운다. 예전에 후시 녹음을 할 때도 대사는 다 외웠다. 암기 능력이 있을 때까지는 최선을 다해 연기를 하고 싶다.

60여 년 동안 연기를 하면서 깨달은 것은 후배에게 자리를 물려주고, 좋은 선배로 든든하게 자리를 지키는 것이다. 선배, 원로의 자리는 저절로 주어지는 것이 아니다.

사회 조직은 입구와 출구가 있다. 입장과 퇴장이 있다. 어느 지점이 지나면 은퇴해야 한다. 자연도태와 자발적 퇴장이 있다. 무소속 창기병과 같은 연예인에게는 정년이 없다. 정년은 자신이 정한다. 자기관리, 새로운 도전, 시대에 대한 연구를 게을리하지 않는다면 100세가 되었다고 누가 거부할 수 있겠는가. 불나비처럼, 반짝 스타가 되지 않으려면 노력뿐이다. 하늘의 별은 별다른 노력 없이도 빛난다. 연예계 스타는 대중이 보지 않는 곳에서 치열한 노력을 해야 한다. 여름 한철 잠깐 세상에 나와 노래 부르는 매미도 6년간 굼벵이 생활을 한다.

연기자 이순재 씨가 가장 중요하게 생각하는 건 '기본'이다. 연기할 수 있는 조건은 좋아졌다. 그런 상황일수록 중요한 게 바로 '기본기'라는 것이다.

'빨리 빨리'를 강조하며 기술이나 경제, 문화 분야 등이 표면적으로는 어느 단계까지는 올라왔지만, 이젠 그 속을 한번 들여다보고, 탄탄하게 다져나갈 때라고 생각한다. 그게 바로 기본이자 내공이다. 연기자뿐만 아니라 누구라도 차곡차곡 자기 자신을 만들고 탄탄히 쌓아가는 과정이 필요하다.

운 좋게 최상의 자리에 오르는 연기자도 있지만 지금 이 순간에도 소리 없이 사라지는 더 많은 연기자들이 있다. 반면, 젊은 꽃미남 연기자들이 방송계를 점령한 가운데서도 60년이 넘도록 한결같은 사랑을 받고 있는 '국민 아버지' 이순재 씨도 있다. 그만의 내공을 쌓은 덕이다.

연기자로서 매일 새로운 대본을 외우고, 그와 관련한 문화를 이해하기 위해 다양한 정보를 접하고, 여러 작품을 소화하기 위해 참고가 되는 책을 많이 읽는 게 그만의 평생학습이다. 특히 역사서에 관심이 많다. 우리 역사뿐 아니라 외국의 역사서를 많이 읽는다. 도서관에서 우연히 역대 대통령을 평가한 『대통령과 국가경영』을 접하고 흥미롭게 읽었다고 추천한다. 이 책은 『Leader for Nation Building』의 한글판으로 파란만장했던 한국의 현대사를 소개한 책이다. 일본에서 구입한 역사서를 통해 일본 고대사와 우리 역사의 연계성을 찾고 문화를 고찰해 보는 재미에도 흠뻑 빠졌다. '기본'을 중시하는 이순재에게 역사의 기본을 이해하는 것은 그 무엇보다 중요한 일이다.

맑고 깊고 청아한 소녀

– 가수 아이유

아이유는 미인이 아니다. 그러나 매력적이다. 시골 처녀 같은 어리숙함과 어눌함이 보인다. 그러나 매력적이다. 그녀의 노래는 울림과 호소력이 있다. 정신없는 율동으로 펜들을 사로잡지 않는다. 그녀에게는 묘한 힘이 느껴진다.

그녀는 독서가 취미라고 당당하게 밝혔다. JTBC에서 방영한 '효리네 민박'에서 틈틈이 책을 읽는 모습으로 시선을 모았다. 연기가 아니라 실제로 책을 읽는다. KBS 2TV '승승장구'에 게스트로 출연한 아이유는 자신의 어린시절 교육법을 밝혔다. "엄마 아빠가 한 번도 체벌한 적이 없다. 뭘 잘못했으면 두꺼운 책을 주시고 읽어오라고 하셨다."고 털어놨다.

그 덕에 자연스레 책 읽는 습관이 생긴 아이유는 '인문학, 문학, 자기계발 등 광범위한 분야에 걸친 독서를 하고 있으며 밑줄을 쳐가며 반복적으로 읽었다'고 자신의 독서 방법을 소개했다.

자식에 대한 부모의 기대치는 하늘을 찌른다. 과외, 학원, 잔소리, 체벌까지 서슴지 않는다. 그러나 체벌 대신 '독서 벌칙'을 내린 아이유의 부모님은 참으로 현명하다. '책을 읽어라. 읽고 나서 느낌을 말해라.' 지혜와 인내심이 필요한 벌칙이다. 그 벌칙이 아이유의 인격과 삶의 에너지가 되었으니 아름다운 벌칙이다. 당장 실천할 수 있는 벌칙이다. 가정에서만 그럴까? 학교에서, 직장에서, 군대에서도 실행할 수 있는 벌칙이다. 벌은 분노를 다스리는 방편이다. 벌을 당하는 입장에서는 또 다른 분노와 반감을 일으킨다. 독서벌칙은 부모와 자녀가 윈윈할 수 있는 절묘한 벌칙이다.

부모님으로부터 체벌 대신 '독서벌칙'으로 성장한 아이유가 추천한 책은 다음과 같다. 독서의 수준과 내공을 알 수 있다.

헤르만 헤세의 『데미안』은 20세기에 청소년 시절을 보낸 이들의 필독서였다. '새는 알을 깨고 나와야 한다.' 이 한 구절을 모두 기억하고 있다. 지금 청소년들도 읽기를 권한다.

도스토옙스키의 『카라마조프가의 형제들』. 러시아문학은 어렵고 지루하다. 그러나 건너야 할 독서의 강이다. 다리에 힘 좋고 밤샘해도 괜찮은 시절에 읽는 것이 좋다.

밀란 쿤데라의 『참을 수 없는 존재의 가벼움』. 제목만으로도 우리의 가슴을 친다. 삶, 사랑, 죽음. 인생의 3요소가 이것 아닌가. 읽기는 어렵지만 울림은 크다.

너그럽고 짜릿한 유머
– 개그맨 유재석

유재석의 개그는 자극적이지 않다. 품위가 있으면서 풋풋하다. 자극적이면 금방 무감각해진다. 은은하면서 짜릿한 그의 개그는 독서 덕분이다. 매일 신문 읽는 습관과 독서가 마르지 않고 쏟아내는 개그의 원천이다. 유머는 지식을 동반해야 감동을 준다. 1회성 말장난은 말장난으로 끝난다.

유머의 종류는 다양하다. 그 중 문학 작품이나 만화 등에서 가장 많이 볼 수 있는 형식이 풍자와 해학이다. 풍자란 '사회의 부정적인 현상이나 사람의 모순된 모습을 다른 것에 빗대어 조롱하는 표현방식'이다. 해학은 '익살스러운 말이나 행동'을 의미한다. 풍자와 해학은 고전문학에서 많이 발견할 수 있다.

박지원의 『양반전』은 풍자와 해학을 멋지게 보여준다. 양반은 더워도 버선을 벗으면 안 되고, 비가 와도 뛰면 안 된다. 체면과 격식만을 중요하게 여긴다. 관리가 되면 기생과 어울려 놀기를 즐기며 백성의 소를 끌어다 자기 땅을 갈기도 한다. 작가는 양반으로서 의무는 다하지 않으면서 허세만 부리는 양반의 태도를 '도둑과 같다'며 비꼬았다.

유재석은 MBC '무한도전' 미래 예능 연구소 특집에서 그 실력을 발휘했다. 뇌 순수성 실험을 알아보는 퀴즈 대결이었다. 유재석은 수준 이상의 능력을 발휘해 눈길을 끌었다. 각국의 수도는 물론 시사 상식 코너에서도 유재석은 상식 박사다운 면모를 과시했다.

요즘에는 유머감각이 굉장한 능력으로 평가 받고 있다. 〈삼성경제연구소〉에서 CEO들을 대상으로 실시한 조사 결과를 보면 '유머러스한 사람을 채용할 것인가?'라는 질문에 51%가 '그렇다', 26.5%가 '매우 그렇다'라고 대답했다. 직원들 역시 마찬가지다. 세계 1위 헤드헌팅 그룹인 미국의 〈로버트헤드인터내셔널〉이 실시한 설문조사에 따르면 응답자의 97%가 유머감각이 뛰어난 상사를 좋아한다고 대답했다. 이외에도 많은 성인남녀들이 이상형의 조건으로 '유머감각이 풍부한 사람'을 꼽고 있다. 유머감각이 뛰어난 사람은 어딜 가나 인기 만점이다. 그래서 유머감각은 시각, 청각, 촉각, 후각, 미각에 이어 제6의 감각이라고 불리기도 한다. 하지만 모두가 유머감각을 타고 나는 것은 아니다. 같은 이야기를 해도 아주 건조하고, 재미없게 표현하는 사람들도 많다.

유머도 공부해야 한다. 지식과 유머가 결합될 때 멋진 유머인이 될 수 있다. 유재석은 선천적이라기보다 후천적 노력의 개그맨이다. 독서의 힘이 그를 훌륭한 개그맨으로 계속 성장시키고 있다.

느리지만 큰 배우
– 배우 유해진

유해진은 일반인이 가진 배우에 대한 고정관념을 깨뜨렸다. 물론 단역 배우들이 없는 건 아니다. 유해진은 단역배우가 아니다. 감초 같은 조연 시절을 거쳐 이젠 당당한 주연급이다. 그가 변화하고 성장하는 비밀도 독서다.

유해진은 겉보기에 매혹적이지 않다. 만만하게 느껴진다. 슬쩍 스치는 단역으로 만족할 만한 외모다. 미남 배우가 넘쳐나는 영화판에 단역도 억울할 것 없는 외모다. 그것을 극복하기 위해 절절한 노력이 있었다.

유해진은 독서, 음악 감상 등 사색적인 취미를 가졌다. 그와 가까운 지인들은 그를 '알수록 깊이가 있는 사람, 대화를 나누다 보면 지적이라는 생각을 하게 하는 사람'이라고 한다. 잔잔하지만 최고의 찬사다.

대부분의 사람들은 큰 기대를 갉아먹으며 살아간다. 시간이 지날수록 기대는 실망으로 변한다. 나는 남에게, 남은 나에게 대한 기대가 서서히 사그라진다. 노력하지 않기 때문이다.

유해진은 대한민국 영화사에 굵직한 자취를 남긴 흥행작의 주역이다. 스포트라이트를 한몸에 받는 주연이 아닐 때도 많았지만 다채로운 모습으로 색깔 있는 존재감을 드러냈다. 영화 〈왕의 남자〉, 〈타짜〉, 〈베테랑〉, 〈택시 운전사〉, 〈1987〉까지 그의 활약은 현재진행형이다.

유해진은 늦은 나이에 데뷔했다. 무명이라는 길고 어두운 터널도 지나왔다. 하지만 그럴수록 단역을 마다하지 않고 연기력을 다졌다. 지금까지 그가 출연한 영화의 누적 관객 수가 1억 명을 넘는다.

사생활 논란 한 번 없이 구수한 사람 냄새를 물씬 풍기는 유해진. 알수록 깊이 있는 사람 유해진. 그것은 꾸준한 독서를 해야만 나올 수 있는 평판이다. 무명배우에서 유명배우가 될 수밖에 없는 이유는 책읽기다. 끊임없이 독서 에너지를 저장하고 그 저장된 에너지가 꾸준히 나오고 있다.

극단에서 동료 배우가 슬쩍 불러 조명실로 가보면 그를 위해 햄버거를 사놓곤 했다. 그때는 버스비를 아껴서 빵 하나 사 먹는 힘든 시절이었다. 그것 역시 큰 힘이 되었다. 진국 같은 연기는 독서의 힘이다.

좋아하는 작가의 책은 모두 읽었다
– 배우 김혜수

김혜수처럼 늙고 싶다는 여성들이 많다. 그만큼 매력적인 배우다. 김혜수의 매력은 섹시함, 솔직함, 당당함이다. 다른 배우와는 달리 영화를 고를 때 노출이 있느냐 없느냐가 아닌, 시나리오를 보고 이 역할을 해보고 싶다는 의욕이 있으면 영화를 찍는다. 배우로서, 여자로서의 당당함이다.

김혜수는 1986년 영화 〈깜보〉를 통해서 데뷔했다. 열일곱 살 때다. 어릴 적부터 연예인 생활을 해서 프로정신이 상당하고 연기력도 대단하다. 김혜수는 오랜 연예계 생활이 무색하리만큼 루머나 스캔들이 없는 배우다. 자기관리에 엄격했기 때문이다. 보면 볼수록 매력적이다. 여성, 남성 가리지 않고 팬이 많다. 그 저력은 독서에 있다.

김혜수는 한 인터뷰에서 '좋아하는 작가의 책은 모조리 읽는다'고 했다. '새롭게 좋아하는 작가가 생기면 그의 모든 서적을 찾아 읽고 한국에 없는 책은 해외에서 구입해 개인 번역가에게 번역을 맡긴다'고 밝혔다.

국내에 번역이 되지 않은 책을 읽으려고 개인 번역가를 쓸 정도로 책을 좋아한다는 것. 부럽고 존경스럽다. 돈이 있어도 읽고 싶은 책을 위해 번역에 투자하며 개인 번역가를 쓰기란 쉽지 않다.

넘치는 지성미와 당당한 태도로 상대를 압도하는 대한민국 최고의 배우 김혜수가 추천하는 책 하나를 소개한다. 『눈의 황홀』이며, 이 책의 작가 마쓰다 유키마사는 일본최고의 그래픽 디자이너다.

한때 죄수, 광인, 이교도 등 하층민의 신분을 나타내는 무늬였던 스트라이프! 하지만 역사의 흐름 속에서 모두가 사랑하는 무늬가 되었다. 이 책은 이러한 보이는 모든 것에 관한 책이다.

세계적인 배우 마이클 케인은 '배우란 눈을 파는 직업이다'라고 했다. 눈이야말로 배우의 감정을 담아내는 그릇이다. 김혜수는 '이 책은 볼 수 있는, 보이는, 모든 것의 모든 것이다'라고 했다.

김혜수는 영어뿐만 아니라 일본어, 중국어, 스페인어까지 4개 국어를 구사할 수 있다.

한 달 평균 100권은 읽는다
– 배우 한석규

한석규의 독서량은 한 달 평균 100여 권이다. 소설과 에세이, 경제 경영서 등 장르를 가리지 않는다. 그는 서점에 들러 직접 책을 고른다. 평소에도 영화인들 사이에 책읽기를 즐기는 것으로 알려져 있지만, 어마어마한 독서량을 알고 나면 입이 다물어지지 않는다. 조리 있는 말솜씨 역시 방대한 독서량의 결과다.

한석규는 1990년 성우로 데뷔를 했다. 이듬해인 1991년부터 연기자로 전환했다. 몇 편의 드라마를 거친 후 그는 첫 영화 〈닥터 봉〉(1995)과 만났다. 첫 영화가 서른한 살에 개봉했으니 꽤 늦은 출발이었지만 그는 첫 타석부터 홈런을 기록했다. 〈닥터 봉〉은 그해 개봉한 한국영화 중 최고의 흥행작이었다.

이후 〈은행나무 침대〉(1996), 〈초록 물고기〉(1997), 〈넘버 3〉(1997), 〈접속〉(1997), 〈8월의 크리스마스〉(1998), 〈쉬리〉(1999), 〈텔 미 썸딩〉(1999)에 출연했다. 한석규가 출연한 이 영화들은 작품성을 인정받고 흥행에도 성공한 것이다.

한 달에 100권의 책을 읽는다는 것은 쉽지 않은 일이다. 일반인들도 한 달에 책 한 권 읽기가 힘든데 연기자가 그만큼의 책을 읽는다는 것은 보통의 노력으로는 되지 않는다. 이런 한석규의 평소 습관은 관상학적으로 얼굴에 나타나 있다. 바로 넓은 이마이다. 이마는 정신세계를 주관하는 자리다. 공부나 예술을 좋아하는 사람들은 전체적으로 이마가 넓은 편이다.

이마가 넓으면 사사로운 이익에 치중하기보다는 대의명분에 충실한 편이다. 한석규가 그간 맡았던 영화나 드라마 중에서 성공했다고 하는 것들이 전부 이런 역할이었다. 그의 넓은 이마가 원인으로 보인다. 푸근하나 샤프한 연기자, 내면에 무언가가 잔뜩 있을 것 같은 연기자가 한석규다.

한 달에 100권의 독서는 분명 과식이다. 그러나 걱정할 필요는 없다. 그가 섭취한 독서의 자양은 그의 머리와 가슴에 구석구석 박혀 있다. 필요한 때 화산처럼 분출되어 나오는 숨어 있는 에너지다. 콩나물시루에 물을 마구 퍼부어도 콩나물은 썩지 않는다. 시루 밑에

뚫린 구멍으로 물이 주룩주룩 빠져 나간다. 그러면서 콩나물은 자란다. 독서의 콩나물시루도 그와 같다.

한석규는 항상 성실하게 연기한다. 어쩌면 이것은 '아주 오랜 후에 스스로를 뒤돌아봤을 때 창피하지 않은 배우가 되어 있는 것'이라는 소망을 향해 나아가는 과정이다. 그러면서 그는 조금씩 깊어지고 있다.

우리는 인형이 아니에요
– 소녀시대 서현

걸 그룹의 공연을 보면 인형 같다는 느낌이 든다. 여러 명이 똑같은 율동과 똑같은 표정으로 노래를 한다. 기계적으로 작동되는 인형 같다. 인간의 냄새가 나지 않는다. 참으로 부당한 편견이다. 인기 걸 그룹 소녀시대의 멤버였다가 연기자로 변신한 서현의 삶을 들여다보면 그동안의 편견이 죄송스럽다.

서현은 평소 독서와 명상을 즐겨하는 것으로 유명하다. 소녀시대 시절 언니들에게 독서를 권유할 정도로 독서광이다. 소녀시대 멤버인 효연은, "서현이는 매일 아침 7시에 알람을 맞춰놓고 일어난다. 일어나서는 책을 읽는다."고 했다.

서현은 자신에게 엄격하고, 자기 관리에 철저하다. 평소 엄청난 양의 독서와 꾸준한 운동으로 자신을 관리한다. 서현의 이런 엄격한 자기관리가 더욱 빛나는 이유는 자신에게 철저하고 남에게는 따뜻한 사람이기 때문이다. 만약 자신에게 철저한 태도가 타인과의 관계에서 소통의 단절이나 개인주의적 행동으로 나타난다면 그건 자신에게 철저하지 않은 것과 다를 바 없다. 요즘 아이돌 중에는 무지하다고 생각되는 사람들이 있다. 서현은 무지하기는커녕 독서를 통해 얻은 지식으로 무장되어 있다.

그녀는 이른 나이에 데뷔했다. 최고의 인기를 누린 걸 그룹 소녀시대는 스케줄이 너무 많았다. 하루에 7~8개의 스케줄을 소화해야 했다. 스케줄 기계가 되어버렸다. 자아는 없고 무대 위의 로봇만 있었다. 많은 연예인들이 로봇에 만족하고 자신이 로봇인 줄 모르고 휩쓸려 다녔다. 시간과 공간개념이 사라져버린 황홀한 무대는 순간이다.

그녀는 이대로 살면 안 되겠다는 생각이 들어 규칙을 정했다. 그래서 작은 것부터 실천하기로 했다. 아침에 일어나 30분 독서하기다. 처음에는 정말 하기 싫었다. 독서는 주스 마시는 것보다 백 배 어렵다. 습관이 정착되면 자신이 모든 것을 제어할 수 있는 주인이 된다.

지금도 무대에서 연습실에서 땀 흘리는 아이돌들이여! 그대들이 인형이 되지 않고, 화면 속 로봇이 되지 않으려면 독서를 하라. 하루 30분이 쌓이고 쌓이면 그대들은 튼튼한 나무가 된다. 서현은 이제 멋진 연기자가 되어 위치를 든든하게 닦고 있다. 중요한 무대에서도 늠름하게 역할을 해내고 있다.

책 사는 데 한 달에 2~30만 원 쓴다
– 배우 윤시윤

윤시윤은 〈지붕 뚫고 하이킥〉과 〈제빵왕 김탁구〉로 큰 인기를 얻었다. 그후, 현실에 안주하며 위험한 일을 피하다 많은 것을 잃었다. 독서는 그를 재기시키는 힘이 되었다.

윤시윤은 KBS2 〈1박 2일〉에서, '자신은 취미가 독서다. 한 달에 스무 권 정도 읽는다'고 밝혔다. 그는 한 달에 책을 사는 데 2~30만 원을 쓴다. 이동 중에도 차 안에서 책을 읽는다고 했다.

책을 좋아하지만 노력도 많이 한다. TV를 보는 것과 독서는 상극 활동이다. TV를 보면 독서시간이 줄어든다. 윤시윤 집 거실에는 TV가 없다. 거실에 책장과 책상을 배치해서 공부방으로 꾸몄다. 배우로서 대단한 결단이다. TV룸은 따로 있고 필요할 때만 TV룸에 들어간다. TV가 눈앞에 보이는 것과 보이지 않는 것은 굉장히 다르다. 그는 이런 배치를 후배들에게도 권유한다. 집이 넓지 않으면 파티션으로라도 공간을 나누라고 한다. 이런 생활을 언제까지 지속할지 모르지만 지금 이렇게 해야 한다고 강조한다. 나이를 먹으면 자연스럽게 TV를 많이 보게 된다. 대단한 결단이고 깨달음이다.

서점에 가면 20권 정도의 책을 훑어보고 5~6권 정도를 산다. 책은 가까이 있으면 읽게 된다. 동선 가까이에 책을 놓아둔다. 거실, 화장실, 자동차 등은 좋은 독서실이다.

그는 누군가의 롤모델이 되는 것이 삶의 목표라고 했다. 그렇다고 도덕군자가 되는 것이 목표는 아니다. 누군가에게 영감을 주는 사람, 누군가에게 영향을 주는 삶은 우리가 생각해봐야 할 삶의 가치다. 대단한 영웅이 아니어도 내 삶이 누군가에게 선한 영향을 준다면 그것은 큰 보람이다.

평범한 연기자에게서 나올 법한 말이 아니다. 사색과 성숙에서 우러나오는 말이다. 그의 독서활동이 꾸준하게 이어지고 성숙한 연기자로 살아가길 바란다. 책은 당신의 든든한 후원자가 될 것이다. 책에서 좋은 영향을 받고 그 영향을 남에게 베푼다면 책의 존재 이유, 독서의 힘은 사명을 다한 것이다.

윤시윤의 어릴 때 꿈은, 커서 돈을 많이 벌면 좋은 차보다 사다리 타고 올라가는 책방을 만드는 것이었다.

독서 퀸, 다독가
– 배우 문가영

20대 초반 젊은 여배우가 고전을 읽고 좋아하는 책이 『논어』와 단테의 『신곡』이라고? 어리둥절하다. 『논어』와 『신곡』은 고전 중 고전이다. 국립도서관 깊숙한 곳에서 잠자고 있을 법한 고전이다. 연구하는 학자들이나 찾을 법한 책을 발랄한 여배우가 좋아하는 책이라니? 충격이다.

집안 분위기를 알면 충격은 수긍으로 바뀐다. 문가영은 독일 유학 중에 만나 결혼한 부모님 때문에 독일에서 태어나 자랐다. 초등학교 3학년 때 가족들과 한국으로 들어왔다. 문가영의 아버지는 물리학자, 어머니는 음악가이다. 그러면서 독서가족이다. 아빠랑 언니랑 밥을 먹거나 카페에 가면 서로 지금 읽고 있는 책이 무엇인지 이야기하기 바쁘다.

그는 장르를 넘나드는 다양한 독서취향을 가졌다. 책 내용 중 공감되는 구절을 따로 정리한 책 노트를 쓴다. 어려서부터 부모님이 거실에서 항상 책을 끼고 지냈다. 집안 자체에 TV가 없었다. 또한 아버지와 언니의 대화 주제는 항상 책의 내용이었다. 아이가 독서를 잘하는 걸 원한다면 부모님이 먼저 그러한 환경을 만들어 줘야 한다.

문가영은 상상력과 호기심을 자극하는 내용의 책이라면 재미있게 읽는다. 책이 지겹거나 읽기 힘들어지면 잠시 덮고 다른 책을 보다가 또 본다.

고전은 낡고 오래된 책이 아니다. 고전은 일종의 원형모델이다. 고전이 원형모델이 된 것은 위기의 산물이기 때문이다. 많은 시간, 공간을 지나 검증된 산물이다. 고전은 생각의 근본을 제공한다. 이것이 인간을 강하게 한다.

문가영이 좋아하는 논어의 몇 구절만 알아도 우리는 강해진다.

子曰, 學而時習之 不亦說乎 자왈, 학이시습 불역열호
공자께서 말씀하셨다. 배우고 때때로 익히면 기쁘지 않겠는가.

不患人之不己知 患不知人也 불환인지불기지 환부지인야

남이 자신을 알아 주지 못함을 근심하지 말고 자신이 남을 알지 못함을 근심해라.

溫故而知新 可以爲師矣 온고이지신 가이위사의

옛 것을 익히고 새 것을 알면 가히 스승이 될 수 있다.

知之爲知之 不知爲不知 是知也 지지위지지 부지위부지 시지야

아는 것을 안다 하고 모르는 것을 모른다 하는 것, 이것이 아는 것이다.

2장
치유와 성공은 독서에 있다

독서가 오늘의 저를 있게 했습니다. 책을 통해 받았던 위안과 은혜를 사람들에게 되돌려 주고 싶습니다. 책은 삶에 희망이 있다는 것을 저에게 가르쳐 주었어요. 독서를 하면서, 세상에는 내 처지와 같은 사람들이 많다는 것을 알았습니다. 그리고 책은 저에게 성공한 사람들과 그 사람들이 이룬 업적에 저도 도달할 수도 있다는 가능성을 보여 주었어요. 독서가 바로 저의 희망이었습니다.

– 오프라 윈프리

인류가 현재까지 발견한 방법 가운데서만 찾는다면 당신은 결코 독서보다 더 좋은 방법을 찾을 수 없을 것이다. 독서와 혼자만의 시간을 가지고 새로운 일을 도모하라. 애플을 만든 결정적인 힘은 고전독서 프로그램 덕분이었다. 리드 칼리지 시절 플라톤과 호메로스부터 카프카 등 고전 독서력을 키웠다.

– 스티브 잡스

최악의 수렁에서 토크쇼의 여왕으로
– 오프라 윈프리

흑인, 사생아. 그녀의 인생 출발점에 새겨진 주홍글씨다. 미국 땅에서 흔적 없이 사라진다 해도 애석해 할 사람 없는 출신성분이다. 사생아를 낳은 그녀의 어머니는 극빈층, 생활보호 대상자였다. 여섯 살이 될 때까지 가난한 외할머니 손에서 자랐다. 외할머니는 인자한 사람이 아니었다. 어린 오프라는 외할머니에게 거의 매일 매를 맞았다. 그 때문에 그녀는 백인이 되고 싶었다. 백인은 자기처럼 매질을 당하지 않을 것이란 생각 때문이었다. 불가능한 희망이었다.

오프라의 시련은 계속되었다. 아홉 살 때 사촌 오빠에게 성폭행을 당했다. 이후로 어머니의 남자 친구나 친척 아저씨 등에게 성적 학대를 받으며 자랐다. 그녀는 성폭행을 당하여 열네 살 때 미숙아를 낳았다. 아기는 바로 죽었다. 희망이 보이지 않는 삶이라 20대 초반에는 마약에 빠져들었다. 절망, 타락, 포기, 자살 등의 단어가 그녀의 일상이었다. 변화, 재기, 반전이란 말은 너무나 까마득한 먼 나라 언어였다.

그런 삶에서 그녀가 어떻게 미국에서 최고로 성공한 여성이 될 수 있었을까. 기적이란 말밖엔 달리 표현할 단어가 없다. 그러나 기적은 하늘에서 번쩍 떨어진 것이 아니었다. 기적은 아주 가까이에 있었다. '독서'가 그녀의 삶에 구원이 되었다. 구원의 빛을 비춰 준 사람은 새엄마였다. 새엄마는 어린 윈프리에게 책읽기를 시켰다. 책을 읽고 독후감 쓰기도 엄격히 시켰다. 훗날, 오프라 윈프리는 그런 새엄마에게 여러 차례 고마움을 표현했다. 이렇게 오프라 윈프리는 독서를 통해 자신의 상처를 치유하며 삶을 바꾸어 나갔다.

윈프리는 세 살 무렵부터 글을 읽었다고 한다. 어린 윈프리의 독서 시작은 강아지에게 『성경』을 읽어 주는 것이었다. 강아지가 어찌 성경을 이해했을까. 처연한 풍경이다. 불우한 환경 때문에 친구가 없었다. 외로움을 이기려고 강아지와 놀았다. 학교에서도 왕따를 당했다. 교실 구석에서 책을 읽는다고 따돌림을 받았다. 오로지 책만이 그녀의 친구가 되어 주었다.

불행을 이겨내려는 사람에게는 도와 주는 이가 있다. 그녀의 모습을 유심히 지켜본 사람이 있었다. 바로 초·중학교의 선생님인 메리

덩컨과 에이브람스였다. 메리 덩컨 선생님은 윈프리에게 책을 골라 주며 격려했다. 에이브람스 선생님은 책 읽는 윈프리의 모습을 눈여겨보았다. 그녀를 고등학교 장학생으로 입학할 수 있게 추천해 주었다. 독서로 주위의 도움을 받을 수 있었고, 그것을 통해 그녀의 삶이 서서히 변해갔다. 세상에는 나쁜 사람만 있는 것이 아니다.

– 오프라 윈프리의 명언

♣ 할 수 없을 것 같은 일을 하라. 실패하라. 그리고 다시 도전하라. 이번에는 더 잘해보라. 넘어져 본 적이 없는 사람은 단지 위험을 감수해 본 적이 없는 사람일 뿐이다. 이제 여러분 차례이다. 이 순간을 자신의 것으로 만들라.

♣ 남들의 호감을 얻으려 애쓰지 말라. 남들의 호감을 얻으려다가는 자신에 대해서 소홀해진다. 그러다보면 자꾸 다른 사람들을 의식하게 되고 눈치를 보게 된다.

♣ 앞으로 나아가기 위해 외적인 것에 의존하지 말라. 외적인 화려함은 외적인 것이다. 그것이 내면에서 만들어지지 않는다면 결국 사라지기 마련이다.

♣ 일과 삶이 최대한 조화를 이루도록 노력하라. 평생 일만 하면서 살 수는 없다. 우리의 삶의 가치는 일이 아니라 행복이다.

♣ 주변에 험담하는 사람들을 멀리하라. 부정적인 사람은 부정적인 에너지를 담고 있다. 험담을 잘하는 사람은 뭐든 부정적으로 보게 된다.

♣ 다른 사람들에게 진실하라. 가식적인 행동이나 말은 결국 진심이 느껴

지지 않는다. 사람을 만남에 있어서 진실만큼 중요한 것은 없다. 한순간의 욕심으로 사람을 사귀어서는 안 된다. 진실만이 나로부터 떳떳하고 당당하며 항상 자신있는 삶을 만들 수 있다.

♣ 중독된 것들을 끊어라. 중독은 사람의 마음을 서서히 병들게 한다. 술이나 알코올 같은 중독도 사람의 정신을 약하게 만든다. 사람중독도 사람에 대한 강한 집착을 낳는다. 마약도 그러하다.

♣ 당신에 버금가는 혹은 당신보다 나은 사람들로 주위를 채워라. 좋은 사람들은 좋은 에너지를 주기 마련이다. 내가 살아감에 있어서 나에게 조언을 해 주고 방향을 제시해 줄 수 있는 멘토가 있다면 많을수록 좋다.

♣ 돈 때문에 하는 일이 아니라면 돈 생각은 아예 잊어라. 봉사를 하면서도 대가를 바라서는 안 된다. 희생을 하면서도 대가를 바라서는 안 된다. 내가 어떠한 대가나 돈을 위한 것이 아니라면 그것에 대해서는 그냥 줄 수 있는 마음이 있어야 한다. 그러한 마음에서 돈 생각이 든다면 자신의 순수한 의도마저 사라지게 될 것이다.

♣ 당신의 권한을 다른 사람에게 넘겨 주지 말라. 우리의 삶의 주인은 바로 나이다. 내가 나 자신에 대해서 무책임하고 회피하게 되는 경우에는 다른 사람들이 나에 대해서 선택을 하게 된다. 이러한 무책임은 인간의 삶을 우울하게 만들고 무기력하게 만들게 된다. 내가 지금 당장 결정해야 할 일이 있다면 당장 해결해야 한다. 우리의 삶은 선택의 연속이다. 남들이 나를 선택하게끔 내버려둬서는 안 된다.

♣ 포기하지 말라. 포기는 또 다른 장벽을 만든다. 포기라는 것도 습관이 되어 자꾸 도망다니기 마련이다. 우리의 삶은 도전을 통해서 체험과 경험

을 얻는다. 포기하는 순간 인생의 값진 참교훈을 얻지 못할 것이다.

오프라 윈프리는 '토크쇼의 여왕'으로 현재 미국에서 가장 영향력 있는 연예인이다. 미국 연예인 가운데 최대의 재산을 가진 억만장자이기도 하다. 미국 대통령 후보로도 이름이 오르내린다. 오늘날, 이러한 평가를 받는 그녀의 힘의 원동력은 과연 무엇으로부터 비롯된 것일까. 다음과 같은 그녀의 발언으로 요약할 수 있다.

"독서가 오늘의 저를 있게 했습니다. 책을 통해 받았던 위안과 은혜를 사람들에게 되돌려 주고 싶습니다. 책은, 삶에 희망이 있다는 것을 저에게 가르쳐 주었어요. 독서를 하면서, 세상에는 내 처지와 같은 사람들이 많다는 것을 알았습니다. 그리고 책은, 저에게 성공한 사람들과 그 사람들이 이룬 업적에 저도 도달할 수도 있다는 가능성을 보여 주었어요. 독서가 바로 저의 희망이었습니다."

윈프리는 독서를 통해 자신의 능력과 가치를 키워나가기 시작했다. 많은 사람이 그녀의 가장 큰 장점으로 꼽고 있는 '지혜와 재치'였다. 학교를 졸업한 윈프리는 지방 방송국에 리포터로 사회생활을 시작했다. 그런 일을 시작하게 된 계기도 그녀가 독서를 통해 키운 지혜와 재치를 방송계에서 높이 산 덕분이었다. 서른이 될 무렵부터 토크쇼를 진행했다. 곧이어 〈오프라 윈프리 쇼〉라는 자신의 이름을 내건 방송으로 시청자들을 사로잡기 시작했다. 윈프리 쇼를 통해 그녀는 재치와 세련된 교양으로 시청자들에게 감동을 주었다. 그 모든 자원이 그녀가 읽은 책에서 나왔다.

오프라 윈프리는 책을 통해서 다른 사람을 이해하는 길을 발견했다. 그녀는 자신과 같은 불행을 겪고 있는 사람들을 책을 통해 만나면서, 사람의 감정을 이해하는 능력을 키울 수 있었다고 했다. 그녀는 세상을 원망하며 삶을 포기할 뻔했지만, 괴로움과 고통을 독서를 통해 이겨냈다.

그녀 스스로도 독서에는 놀라운 힘이 있다는 것을 깨달았다. 그것은 그녀가 《해럴드 워싱턴 도서관》에 10만 달러를 기부하면서 다음과 같은 말을 했다.

"저는 책을 통해 자유를 얻었습니다. 저는 책을 읽으며, 농장 너머에는 정복해야 할 큰 세상이 있다는 것을 알게 되었습니다."

그녀의 삶에 큰 영향을 준 책은 마야 안젤로의 『나는 새장 속의 새가 왜 노래하는지 안다』였다. 윈프리는 이 책을 읽고 새장 속에 갇혀 있는 새가 노래하는 이유를 깨달았다고 한다. 그녀는 독서를 통해 새장 속에 갇힌 자신의 삶에 자유를 얻었다.

책이 위대한 대왕을 만들었다
– 세종대왕 (1397~1450)

세종대왕의 업적을 열거하자면 손가락, 발가락이 부족하다. 우리 역사에 세종임금이란 조상이 있다는 건 감격만세다. 위대하다는 말조차 계면쩍다. 고맙고 고맙다. 그의 영정에 엎드려 3,000배를 올린다 한들 고마움을 갚을 수 없다.

세종은 어린시절부터 엄청난 책을 읽었다. 세종의 아버지 태종은, "몹시 추울 때나 더울 때에도 밤새 글을 읽는구나. 나는 그 아이가 병이 날까 두려워 밤에 글 읽는 것을 금하였다. 그런데도 나의 큰 책은 모두 청하여 가져갔다."고 했다. 세종의 독서는 유학의 경전에 그치지 않았다. 역사 · 법학 · 천문 · 음악 · 의학 다방면에서 전문가 이상의 지식을 쌓았다. 경서는 모두 100번씩 읽었고, 경서 외에 역사서와 다른 책들도 꼭 30번씩 읽었다. 단순히 책을 많이 읽기만 한 것이 아니라 그 내용들을 비교하여 정리했다.

1422년, 태종이 죽고 세종은 재위 4년만에 전권을 행사하게 되었다. 태종이 만들어놓은 정치적 안정 속에서 자신의 학문적 역량을 마음껏 펼치기 시작했다. 선현의 지혜를 신뢰했던 세종은 우선 유학의 경전과 사서를 뒤져 이상적인 제도를 연구했다. 그것을 바탕으로 골격만 갖춰진 제도를 세부사항까지 규정해나갔다. 작은 법규 하나 만들 때에도, 그 제도에 대한 역사를 고찰하고 각각의 장단점을 분석한 뒤 단점을 보완하는 방안, 다른 제도와의 관련성, 현재의 상황을 고려했다.

세종은 지방 관리들에게 각 지역의 지도 · 인문지리 · 풍습 · 생태 등에 대한 정보를 정리해서 올리라고 명했다. 이를 수합收合하여 책으로 편찬했다. 많은 자료를 간행하다 보니 인쇄술이 빠른 속도로 발전했다. 세종 치세에 인쇄 속도가 10배로 성장했다.

세종은 집현전의 연구기능을 확대했다. 집현전은 국립연구소다. 요즘으로 치면 한국학중앙연구원+카이스트인 셈이다. 정인지 · 성삼문 · 신숙주 등 당대의 수재들에게 연구를 분담시켰다. 이렇게 해서 윤리 · 농업 · 지리 · 측량 · 수학 · 약재 등 다양한 분야의 책을 편찬했다. 관료 · 조세 · 재정 · 형법 · 군수 · 교통 등에 대한 제도들을 새로 정비했다. 이때 정해진 규정들은 조선에서 시행된 모든 제도의 기본이 되었다. 세종은 과학기술과 예술에도 많은 관심을 기울였다. 세종 초에 천문학을 전문적으로 연구하는 서운관을 설치했으며, 혼천의 · 앙부일구 · 자격루를 만들어 백성들의 생활에 실질적인 도움을 주었다. 박연을 등용해 아악을 정리하고 맹사성을 통해 조선에 적합한 음악을 만들었다.

독서휴가제를 시행하다

1426년, 세종은 촉망받는 젊은 인재들이 독서에 전념할 수 있도록 1년 정도 휴가를 주는 제도를 시행했다. 현재 맡고 있는 직무로 인해 책 읽는 데 집중할 겨를이 없으니, 대궐에 출근하지 말고 집중할 수 있는 거처에서 글을 읽고 성과를 내어 나라에 보탬이 되라는 게 제도의 핵심이다. 관리로 등용된 인재들에게 재충전의 시간을 주기 위함이었다. 최소 1~3년에 이르는 독서휴가 기간 동안, 신하들은 집 혹은 산사를 오가며 자유롭게 책을 읽었다. 그리고 한 달에 한 번씩 읽은 내용을 정리하여 리포트를 올렸다. 왕은 식량과 술 및 물품 등을 내려 주며 독서를 권장했다. 이는 독서를 배려한 것으로 볼 수도 있지만, 한편으론 특정 주제에 대한 몰입을 요구한 것이라 볼 수 있다. 대학 교수에게 주어지는 안식년 같은 것이라 여겨진다. 성종 때에 이르러서는 독서당도 지어 학문에 더욱 몰두할 수 있게 배려했다. 한양에만 3곳이 있었다. 옥수동 근처 한강변에 있던 동호당東湖

堂, 마포에 있던 서호당西湖堂, 용산에 있던 남호당南湖堂이 그곳이다. 동호당은 이율곡이 특별휴가를 받아 『동호문답東湖問答』을 저술한 곳이다.

직원들에게 '몰입'을 요구하는 현상은 최근에 들어서 미국을 위시한 대기업에서 시행하고 있다. 세종의 앞선 안목에 놀라지 않을 수 없다. 유럽에서는 19세기 영국에서 고위관리들에게 3년에 한 번 세익스피어의 작품을 읽고 독후감을 써오게 하는 휴가제도가 독서휴가제의 시초로 보인다.

기업, 공무원 사회에서도 이 제도가 확대되고 있다. 인천시는 수년 전부터 '독서휴가제'를 실시해서 공무원들에게 좋은 반응을 얻고 있다. 인천시 인재개발원은 단기교육을 받는 공무원을 대상으로 한 번에 2시간씩 총 4시간의 독서시간을 줬다. 업무 시간 외에 별도의 시간을 들여 책을 읽는 데 부담을 느끼는 이들을 위해 독서휴가제를 도입해 교육시간 중 일부를 독서 시간으로 활용토록 했다. 독후감 부담감을 줄이기 위해 독후감은 자율적으로 인재개발원 홈페이지에 게재하도록 유도하고 우수 독후감에 대해서는 상품을 지급했다.

교육에 참여했던 한 공무원은 '평소 시간이 없다는 핑계로 책을 많이 안 읽었는데 이번 기회를 통해 동기 부여가 됐다'고 말했다. 독서휴가제는 사장과 직원, 상급자와 하급자가 윈윈할 수 있는 제도다.

시간을 만들어 독서하라

– 독서대왕 정조 (1752~1800)

나는 젊어서부터 독서를 좋아했다. 바쁘고 소란스러운 와중에도 하루도 빠짐없이 정해놓은 분량을 읽었다. 읽은 경經·사史·자子·집集을 대략 계산해보아도 그 수가 매우 많다. 그에 대한 독서기讀書記를 만들었다. 4부로 분류한 다음 각각의 책 밑에 편찬한 사람과 의례義例를 상세하게 기록했다. 끝에는 어느 해에 읽었다는 것과 나의 평을 덧붙여서 책을 만들었다. 내가 책에 대해서 품평한 것을 사람들이 두루 볼 수 있을 뿐만 아니라, 나 또한 여가 시간에 뒤적이면 평생의 공부가 낱낱이 눈에 들어온다. 반드시 경계하고 반성할 것이 많을 것이기 때문이다.

–정조 이산 어록 중에서

정조는 왕으로서 뿐만 아니라, 한 인간으로서 힘들고 치열한 삶을 살았다. 아버지 사도세자의 비참한 죽음을 목격했고 엄한 할아버지 영조와의 갈등 속에서 하루하루 칼날 위에 선 어린 시절이었다. 행동, 말 하나하나가 아슬아슬했다. 자칫 구설수에 오르면 모함을 받아 아버지처럼 죽음을 면치 못한다. 그 시간을 지탱해 준 것이 책이다. 독서를 비난하고 모함할 자는 없다. 그의 삶의 중심에 책이 있었다. 정조는 자기 관리와 지혜를 책으로 해결했다. 정조는 진정으로 책을 사랑한 열렬한 독서애호가였다. 정조의 통치 행적에서는 책이나 글이 중요한 역할을 수행한 경우가 많다. 책을 통해서 통치의 방도를 얻고자 했다.

정조는 독서 계획을 세워 실천하면서 일과 독서를 구분했다.

'독서하는 사람은 매일매일 과정을 세워놓는 것이 가장 중요하다. 책을 읽고 곧바로 중단한 채 잊어버리는 사람과는 그 효과가 천지 차이일 것이다.'

'독서하는 법은 반드시 과정을 정해두어야 한다. 그래야만 하다 말다 하는 병통이 없게 된다. 오늘은 궁 밖으로 행차해야 하기 때문에 어제 오늘 몫까지 책을 읽었다. 계획을 못 지켰다는 자책감은 면할 것이다.'

독서계획은 목적에 맞게 세우는 것이 좋다. 독서계획의 큰 틀은 세우되, 구체적인 것은 필요와 목적에 따라 세워야 한다. 독서계획을 철저하게 세우고, 독서노트에 자료를 정리해두면, 언젠가 글을 쓸 때 중요한 자료가 된다. 감동이나 기억의 한계를 극복하는 것이 메모하는 습관이다. 독서계획은 복잡하거나 어렵지 않게, 자신의 능력에 맞게 작성하여 점진적으로 발전해가야 한다. 독서계획을 세울 때 고려해야 할 점은 독서 기간, 독서할 분야, 독서 분량 등이다. 또한 자신의 수준이나 상태도 고려해야 한다. 적당히 높은 목표는 괜찮지만, 지나치게 무리한 목표는 실천하기 어렵다.

독서가 만든 명장
– 이순신 장군(1545~1598)

왜적과 싸운 7년전쟁 하면 떠오르는 두 장수. 이순신과 원균이다. 이순신을 떠올리면 '탁월한 리더', '불패의 명장', '거북선', '혁신 경영가', '시인', '효자' 등이다. 원균은, 이순신 후임으로 삼도수군통제사, 그가 지휘한 첫 전투(칠천량 해전)에서 왜군에게 대패하여 조선 함대를 열두 척만 남기고 전부 수장시켜 버리고 말았다. 자신 또한 황천객이 되었다. 두 사람의 차이는 지식, 지혜, 전략, 인품에서 비롯되었다. 이순신은 전쟁터에서도 책을 읽고 글을 썼으며 『난중일기』를 남겼다. 원균은 자신의 용맹만 앞세웠다. 책을 읽지 않고 남긴 책도 없다.

임진왜란 당시에도 이순신만큼이나 열악한 조건에서 자신의 삶을 불태운 명장들이 많다. 그런데 대부분은 잊혀졌다. 잊혀진 이들은 이순신처럼 일기와 각종 보고서를 제대로 남기지 않았다.

인간 이순신을 불멸의 이순신으로 만든 것은 칼, 책, 붓이다. 이순신은 지혜, 전략, 용맹, 덕망을 갖춘 장수다. 장수로서 갖춰야 할 4박자를 모두 갖추었다. 20대까지 그는 다른 사대부 집안의 청소년처럼 칼을 든 군인의 삶이 아니라, 책과 붓을 든 선비의 삶을 지향했다.

이순신의 조카 이분李芬은 임진왜란 중에 이순신의 진영을 왕복하며 이순신을 보좌했던 인물이다. 그가 남긴 『이충무공행록』에는 다음과 같은 기록이 있다.

'겨우 한두 잠을 잔 뒤 부하 장수들을 불러들여 날이 샐 때까지 전략을 토론했다. 정신력이 보통사람보다 배나 더 강했다. 때때로 손님과 한밤중까지 술을 마셨지만, 닭이 울면 반드시 일어나 촛불을 밝히고 앉아 책과 서류를 보았다.'

이순신은 유학儒學을 공부하다가, 22세가 되어 자신의 진로를 무과武科로 바꾸었다. 10년 후인 32세에 무과에 합격했다. 당시로서는 엄청 늦은 나이다. 그러나 결과적으로는 약이 되었다. 책에서 지식과 지혜를 익히고 나서 용맹을 익혔다. 이순신은 문무를 겸비한 장수다.

이순신을 추천하고 이순신을 끝까지 믿고 후원했던 서애 류성룡은『징비록』에서 이렇게 썼다.

'순신의 사람됨은 말과 웃음이 적고, 얼굴은 단아하며 근엄하게 생겨서 마치 수양하는 선비와 같으나 속에는 담력과 기개가 있다.'

이순신은 청소년시절에는 유학을 공부하여 지식을 쌓았다. 그것을 바탕으로 명장·혁신가·발명가·시인이 될 수 있었다. 그는 7년 전쟁 중에도 책과 붓을 놓지 않고 매일매일 일기를 썼다. 독서는 어느날 갑자기 한다고 되는 일이 아니다. 습관이기 때문이다.

이순신은『난중일기』에서 직접 읽었다고 기록한 책이 있다. 류성룡이 보내준『증손전수방략增損戰守放略)』(난중일기, 1592년 3월 5일), 스스로 읽었다고 기록한『동국사東國史』(난중일기 1596년 5월 25일), 독후감을 남긴『송사宋史』(난중일기 1597년 10월 8일) 등이다.『임진장초』,『이충무공행록』에 기록된 각종 흔적에는 그가 얼마나 많은 책을 읽고, 끊임없이 읽고 사색했는지 보여 주는 증거들이 넘쳐난다.

『난중일기』속의 다음의 구절들이 가슴을 울린다. 그의 기개와 인품에 머리가 숙여진다.

出萬死不顧 一生之計 憤憤不已

출전하여 만 번 죽을 일을 당했어도, 한 번도 살고자 생각하지 않았다. 분노하고 분노하는 마음 끝이 없다.

身居將閫 功無補於涓埃 口誦敎書 面有慚於軍旅

몸은 장수의 신분이나 티끌 만한 공로도 없는데, 입으로는 임금이 내린 교서를 외워 떠들고 있어, 얼굴에는 부하 장졸들 보기가 부끄러움만 가득할 뿐이다.

淪陷腥羶 將及兩歲 恢復之期 正在今日 政望天兵車馬之音 以日爲歲 而不爲勦討 以和爲主 姑退兇徒 爲我國積年之侵辱未雪 窮天之憤恥益切

더러운 오랑캐에 짓밟힌 지 2년이 다 되어간다. 회복할 때가 바로 오늘이다. 명나라 군사의 수레와 말울음 소리를 하루가 1년처럼 기다렸다. 그런데도 적을 무찔러 없애지 않고 강화를 위주로 하고 있다. 흉악한 무리들이 잠시 물러나 있으나, 우리나라는 수년 동안 침략 당한 치욕을 아직도 씻지 못하고 있다. 하늘까지 닿은 분노와 부끄러움이 더욱 사무친다.

褫四方忠義之氣 而自絶人民之望 臣雖駑怯 當躬冒矢石爲諸將先 得捐軀報國

나라 안의 충성스럽고 의로운 기운이 풀어지니, 백성들의 희망이 끊겼습니다. 신臣이 비록 어리석고 겁쟁이이지만, 마땅히 화살과 돌을 무릅쓰고 직접 나아가 여러 장수들보다 먼저 몸을 바쳐 나라의 은혜를 갚고자 합니다.

願以一死爲期 直擣虎穴 掃盡妖氛 欲雪國恥之萬一 而至如成敗利鈍 非臣之所能逆料
원컨대, 한번 죽을 것을 약속하고, 곧바로 호랑이굴을 바로 공격해 요망한 기운을 다 쓸어버려 나라의 수치를 만분의 일이라도 씻으려 합니다. 성공과 실패, 이익과 해로움을 신의 지혜로는 미리 헤아릴 수 없습니다.

兵法云 必死則生 必生則死 又曰 一夫當逕 足懼千夫 今我之謂矣
병법에서, '반드시 죽고자 하면 살고, 반드시 살려고 하면 죽는다'고 했고, 또 '한 사나이가 길목을 지키면, 천 명도 두렵게 할 수 있다'고 했는데, 이는 오늘의 우리를 두고 하는 말이다.

-이순신 지음, 이은상 옮김, 『난중일기』 중에서

나를 알고 적을 알면 백 번을 싸워도 백 번 승리한다. 나를 알지만 적을 모르면 한 번은 이기나 한 번은 진다. 나도 모르고 적도 모른다면 싸울 때마다 반드시 패한다. 이순신 독서법의 특징은 실용적인데 있다. 즉 그가 읽었던 책의 공통점은 전쟁 승리와 진중 경영을 위한 아이디어에 도움을 줄 수 있는 병법과 역사책들이었다. 그 책 속의 이론과 역사적 경험을 자신이 처한 현실과 비교하면서 끊임없이 통찰력을 키웠고, 실용적으로 활용했다.

독서를 통해 프랑스의 영웅이 되다
– 나폴레옹 보나파르트 (1769~1821)

나폴레옹하면 떠오르는 말은 '내 사전에는 불가능은 없다'이다. 자신감과 열정이 뭉쳐진 말이다. 나약한 청년들에게, 길을 찾지 못해 허둥대는 이들에게, 그들의 정수리에 붓고 싶은 말이다. 나폴레옹이라는 이름은 이탈리아어로 '황야의 사자'라는 뜻이다. 그는 이름 그대로 평생을 외로움과 투지로 인생을 개척하면서 많은 전쟁에서 놀라운 전과를 올렸다. 승리와 패배, 영광과 몰락을 겪었지만 오늘날 프랑스 자존심의 중심에는 나폴레옹이 있다.

나폴레옹이 남긴 명언은 오늘날 전 세계인에게 큰 힘이 된다.

♣ 나의 실패와 몰락에 대하여 책망할 사람은 나 자신밖에는 아무도 없다.

내가 나 자신의 최대의 적이며, 비참한 운명의 원인이었다.

♣ 내 비장의 무기는 아직 손 안에 있다. 그것은 희망이다.

♣ 사회에는 칼과 정신이라는 두 가지의 힘밖에 없다. 그런데 결국은 칼이 정신에게 패배당하고 만다.

♣ 산다는 것은 곧 고통을 치른다는 것과 같다. 그러므로 성실한 사람일수록 자신에게 이기려고 애를 쓰는 법이다.

♣ 인생에 있어 가장 중요한 것은 실패했다고 낙심하지 않는 것이며, 성공했다고 기쁨에 도취되지 않는 것이다.

♣ 최후의 승리는 인내하는 사람에게 돌아간다. 인내하는 데서 운명이 좌우되고, 성공이 따르게 된다.

나폴레옹은 1769년 지중해의 작은 섬 코르시카의 아작시오에서 태어났다. 그는 8남매의 둘째로 아버지는 변호사였다. 집안은 이탈리아의 소지주였다. 코르시카는 기원전에는 카르타고의 영향력 아래에 있었고, 후에 로마 공화국의 식민지가 되었다. 그 뒤로 비잔틴 제국, 아랍, 롬바르드, 제노바 공화국으로 그 주인이 바뀌었다. 1768년 코르시카의 독립운동을 귀찮게 여긴 이탈리아(제노바)가 프랑스에 팔아버렸다. 나폴레옹의 출신은 촌놈 중 상촌놈이었다.

나폴레옹은 아홉 살 때 프랑스로 건너가 왕립 브리엔 사관학교에 입학했다. 동급생들의 놀림이 심했다. 키는 작고, 매우 말랐으며, 프랑스 말도 제대로 못했다. 왕따의 조건을 모두 갖춘 셈이다. 15세에 파리의 사관학교에 입학한 나폴레옹은 여전히 고독했다. 그래서 책을 친구로 삼았다.

어린 나폴레옹에게 독서는 피난처이자 안식처였다. 친구들과 어울리지 못하는 그는 독서로 시간을 보냈다. 이 당시 그에게 가장 큰 영향을 준 책은『플루타르크 영웅전』이었다. 이 책은 고대 그리스와 로마의 영웅들의 종합 위인전이다. 어린 시절의 영향은 절대적이다. 그는 결국 영웅이 되었다.

나폴레옹의 독서 취향은 장군이 된 후 전쟁터에서도 여전했다. 나폴레옹은 수레에 가득 책을 싣고 군 막사에 서가를 마련해 책을 읽었다. 29세의 나이로 이집트 원정군 사령관이 된 그는, 38,000여 명의 원정군을 조직했다. 그런데 이 군대는 군인들만 있는 것이 아니었다. 학자, 과학 기술자, 예술가들도 함께 포함되어 있었다. 단기간의 원정임에도 1,000여 권의 책도 가지고 갔다. 그가 말 위에서 잠을 자고, 말을 타고 가면서 책을 읽었다. 믿기지 않지만 기록이 있다. 전쟁터에서, 전쟁터에 어울리지 않는『젊은 베르테르의 슬픔』을 읽었다.

어렵고 분량이 많아 요즘 사람들도 읽기를 주저하는『파우스트』를 네 번이나 읽었다고 한다. 나폴레옹은 책을 통해 자신감을 표현했다. '독서할 시간 때문에, 다른 일을 할 시간이 없다'는 그의 말이 과장이 아니다. 정치, 재정, 천문, 지질, 기상, 인구론 등 폭 넓은 독서를 했다. 이집트와 인도의 역사와 지리는 물론 심지어 터키, 몽골의 문화와 풍습을 연구했다. 준비된 황제였다.

나폴레옹은 정독을 기본으로 했다. 독서 후에는 반드시 발췌록이나 메모를 남겼다. 한 번 읽고 잊어버리는 독서가 아니라 지식을 정리하고 자기 것으로 만들었던 것이다. 또한 독서는 그에게 상상력이란 위대한 선물을 주었다. 그가 전쟁에서 매번 승리하는 영웅이 된 것은 정리된 지식과 상상력의 힘 때문이다. 기존의 전투방식을 버리고 새로운 방법을 도입해 큰 성과를 이루었다. 그는 상대방의 허를 찌르는 전법을 다양하게 구사했다. 참모들보다 본인이 뛰어난 전략가이자 전술가였다. 정치든 사업이든 지휘관이 부하들보다 유능해야 한다. 그렇지 않으면 교활한 부하, 무능한 부하에게 농락 당한다. 두 권 읽은 사람이 한 권 읽은 사람을 지배하고, 100권 읽은 사람이 99권 읽은 사람을 지배한다.

베토벤은 나폴레옹에게 헌정하기 위하여 교향곡 3번을 작곡했다. 이름도 〈보나파르트〉라고 정했다. 그러나 나폴레옹이 공화정을 버리고 스스로 황제에 오르자 베토벤은 크게 실망했다. 그래서 곡명을 〈영웅〉으로 바꾸었다.

모든 영화를 뒤로하고 세인트 헬레나 섬에 남겨져 있을 때 고독한 사자의 곁을 지켜준 벗 역시 책이었다. 나폴레옹은 책과 함께 자랐으며, 책을 통해 유럽을 지배했고, 책으로 인생을 마감했다.

두 권 읽은 사람이 한 권 읽은 사람을 지배

– 에이브러햄 링컨 (1809~1865)

미국 남북 전쟁이 진행되던 1863년 11월19일, 격전지였던 펜실베이니아 주 게티즈버그에서 죽은 장병들을 위한 추도식이 열렸다. 당대 최고의 웅변가였던 에드워드 에버렛이 1시간 동안이나 연설을 했다. 뒤이어 진행된 링컨의 짤막한 연설은 주목을 받지 못할 것으로 예상했다. 하지만 링컨은 단 2분간의 연설로 행사의 핵심적인 의미를 사람들에게 전달했다. 미국의 건국정신을 지키기 위해 목숨을 바쳤던 병사들의 뜻을 이어받아 살아남은 자들이 민주주의 이념을 굳건하게 지켜 나가야 한다는 요지를 간결하고 적절하게 표현했다.

3개 문단, 10개 문장, 272개 단어로 구성된 게티스버그 연설문은 민주주의 정신의 바이블이다. 사라지지 않을 격언이다. 간결하지만 영혼에 박힌다. 간단한 그것을 실천하지 못해 수많은 정치지도자들이 불명예, 수난, 죽음을 맞이한다. 연설문의 마지막 구절은 이렇게 끝난다.

'국민의, 국민에 의한, 국민을 위한 정부는 지구상에서 결코 사라지지 않을 것이다. government of the people, by the people, for the people, shall not perish from the earth.'

링컨은 1809년 2월 12일 켄터키주 호젠빌의 한 칸짜리 통나무집에서 태어났다. 그의 아버지 토마스 링컨은 나이가 50세가 넘을 때까지도 소작인으로 산 목수였다. 아들도 목수가 되기를 바랐다. 그는 제대로 된 옷 한 벌 없이 어린 시절을 보냈다. 정규교육은 거의 받지 못했다. 아버지는 먹고 사는 데 급급할 수밖에 없었다. 다행스럽게도 어머니 낸시는 링컨의 품성과 교양을 풍부하게 길러 주었다.

낸시는 문맹文盲이었지만 어려서부터 배우고 느낀 성경 이야기를 링컨에게 들려주었다. 정규교육을 받지 못한 링컨은 독서를 좋아했다. 그는 『성경』, 『이솝 우화』, 『천로역정』, 『벤저민 프랭클린 자서전』, 바이런의 시, 셰익스피어의 희곡 등을 애독했다. 낸시는 링컨이 아홉 살 때 독풀을 먹은 소의 우유를 먹고 '밀크병'으로 죽었다.

아내의 죽음으로 집안을 돌볼 사람이 없게 되자, 아버지는 어린 시절부터 알고 지내던 친구 사라와 재혼했다. 부지런한 성격의 사라는 집에 도착하자마자 물을 받아다가 씻길 만큼 아이들을 정성껏 돌보았다. 책을 좋아하는 링컨의 편을 들어 주었다. 덕분에 링컨은 풍부한 학식을 얻을 수 있었다.

링컨은 어머니 복이 많았다. 새어머니 사라도 좋은 분이었다. 새엄마가 가져온 새로운 책을 보면서 글쓰기에도 관심을 가졌다. 그의 글쓰기 솜씨는 지금까지 어느 대통령들보다 뛰어난 실력을 보여 주고 있다. 많은 연설문은 직접 작성한 것이다. 새어머니는 가난한 환경 속에서도 책을 좋아하는 링컨을 격려하고, 학교에 보내려고 애썼다. 두 어머니가 링컨의 스승이다.

링컨은 가난을 부끄러워하지 않았다. 밤마다 책을 빌려서 공부를 하며 성실하게 살았다. 하루는 빌린 책이 비에 홀딱 젖고 말았다. 어린 링컨은 당황했지만 곧 용기를 내어 책 주인을 찾아갔다. 제가 돈이 없으니 농장에서 일을 하겠다고 했다. 링컨은 책값 대신 열심히 일을 했다. 그러자 책 주인은 성실한 링컨을 칭찬하며 책을 선물로 주었다.

1830년 3월, 링컨 가족은 일리노이 주로 이사를 했다. 일리노이에 도착한 뒤 농부가 될 마음이 없던 링컨은 여러 가지 일에 손을 댔다. 그는 아버지의 농장에서 일을 하는 한편 선원이 되어 배를 타고 미시시피 강을 따라 뉴올리언스까지 항해하기도 했다. 그러나 그는 법률을 공부하기로 마음을 굳혔다. 이미 문법 · 수학을 독학한 상태였던 그는 법률 책을 파고들어 1836년 법률시험에 합격했고, 변호사 일을 시작했다. 이후 정계에 발을 들여놓았다. 드디어 그는 공화당 후보가 되어 1860년 11월 6일 미국의 16대 대통령에 당선되었다. 학교도 못 다닌 가난한 농부의 아들이 미국 대통령이 되었다.

링컨은 셰익스피어 연극도 좋아했다. 아이러니하게도 링컨은 1865년 4월 14일 극장에서 연극을 보던 중 암살되었다. 범인은 셰익스피어 전문 연극배우, 부스였다. 그는 남북전쟁에 참전했던 흑인병사들에게 투표권을 주는 문제가 부각되자, 이에 불만을 품고 연극 관람 중이던 링컨을 살해했다.

가장 존경하는 인물과 가장 닮고 싶은 인물, 인생의 멘토로 삼고 싶은 사람은, 미국과 한국에서 설문조사를 하면 1위가 링컨이다. 우선 링컨이 남긴 말 중 하나라도 실천하자.

– 링컨이 남긴 말들

♣ 내가 가장 좋아하는 친구는 책을 한 권 선물하는 사람이다.

♣ 모든 사람을 얼마동안 속일 수는 있다. 또 몇몇 사람을 오랫동안 속일 수도 있다. 그러나 모든 사람을 오랫동안 속일 수는 없다.

♣ 타인의 나쁜 점을 말한다는 것은 언제나 자기 자신에게 손해를 가져온다는 사실을 기억하라. 상대의 좋은 점을 말하라. 그리하면 자신도 남도 이롭게 된다.

♣ 나는 내가 죽고 난 뒤에 꽃이 피더라도, 꽃이 필 수 있는 곳이면 어디든 엉겅퀴를 뽑아내고 꽃을 심었던 사람이라는 말을 듣고 싶다.

♣ 우리 앞에는 불행과 행복의 두 갈래 길이 항상 놓여 있다. 우리는 매일 두 길 중에 한 길을 선택하도록 되어 있다.

♣ 훌륭한 사람이 되고자 결심한 사람일수록 사사로운 언쟁으로 시간을 낭비하지 않는다. 사사로운 일들은 크게 양보하라.

내가 만약 3일만이라도 볼 수 있다면

– 헬렌 켈러 (1880~1968)

세상을 볼 수 있는 눈이 있어 감사하다. 새소리, 바람소리, 물소리, 음악을 들을 수 있는 귀가 있어 감사하다. 내 마음을 상대에게 말로 전할 수 있어 감사하다.

내가 만약 3일 동안만 볼 수 있다면, 첫날에는, 나를 가르쳐 준 설리번 선생님을 찾아가 그 분의 얼굴을 바라보겠습니다. 그리고 산으로 가서 아름다운 꽃과 풀과 빛나는 노을을 보고 싶습니다.

둘째 날엔, 새벽에 일찍 일어나 먼동이 터오는 모습을 보고 싶습니다. 저녁에는 영롱하게 빛나는 하늘의 별을 보겠습니다.

셋째 날엔, 아침 일찍 큰길로 나가 부지런히 출근하는 사람들의 활기찬 표정을 보고 싶어요. 점심때는 아름다운 영화를 보고, 저녁 때는 화려한 네온사인과 쇼윈도의 상품들을 구경하고 돌아와, 3일 동안 눈을 뜨게 해주신 하나님께 감사의 기도를 드리겠습니다.

이 글은 '내가 사흘 동안 볼 수 있다면'이란 제목으로《애틀랜틱 먼스리》1933년 1월호에 발표되었다. 헬렌 켈러의 글은 당시 경제 대공황의 후유증에 시달리던 미국인들에게 큰 위로가 되었다.《리더스 다이제스트》는 이 글을 '20세기 최고의 수필'로 꼽았다.

헬렌 켈러는 1880년 6월 27일 미국 앨라배마 주의 작은 시골 마을에서 태어났다. 19개월 되었을 때에 뇌척수막염으로 추정되는 병을 앓고 나서 시각과 청각을 모두 잃고 말았다. 헬렌이 여섯 살 무렵, 부모는 당시 장애인 교육에 앞장서던 퍼킨스 학교의 교장에게 부탁해서 가정교사를 한 사람 보내달라고 부탁했다. 이를 위해 선발된 인물이 바로 앤 설리번이었다.

설리번은 1866년 4월 14일 가난한 아일랜드 이민자 가정에서 태어나 어릴 때 고아가 되었다. 어려운 생활 끝에 퍼킨스 학교에 들어와 점자 및 수화 사용법을 배우고 수석으로 졸업했다. 설리번이 장애인 학교를 다닌 까닭은 그녀 역시 어려서부터 결막염으로 시각장애인과 다름없었다. 여러 번에 걸친 대수술 끝에야 어느 정도 시력을 회복했지만 그녀는 평생 사물이 둘로 겹쳐 보이는 불편을 감내해야만 했다.

헬렌 켈러는 인간의 신체적 불행을 모두 가졌다. 그녀는 독서를 통해 자신을 성장시켰다. 그녀는 손가락으로 점자를 익혔다. 점자를 통한 독서량이 방대했다. 대학을 졸업할 때 이미 5개 국어를 점자로 읽었다. 역사, 철학, 사회, 정치학까지 다양하게 섭렵하였으며 특히 문학을 사랑했다. 그녀는 문학 속에서 자신의 장애를 잊을 수 있었다. 그래서 문학을 '나의 유토피아'라 부르며 좋아했다. 그녀의 강철 같은 의지와 따뜻한 감성은 독서를 통해 만들어진 것이다.

다섯 살에 만나 50년간 함께했던 스승과 제자는 늘 함께했지만 제자는 스승의 얼굴을 한 번도 보지 못했다. 인간의 능력은 대단하다. 인간의 사랑은 위대하다. 노력과 사랑으로 결합된 위대한 두 사람, 헬렌 켈러와 설리번이다.

나도 부자가 되고 싶다
– 워런 버핏

'나도 부자가 되고 싶습니다. 제발 부자가 되게 해 주십시오. 하느님, 부처님, 알라님! 부자가 되면 어려운 사람들 돕고 좋은 일 많이 많이 하겠습니다. 제발 부자 되게 해 주십시오.'

누구의 기도일까? 미국의 5대 갑부로 전설적인 투자의 귀재인 워런 버핏의 기도일까? 아니다. 우리들이 가끔 꿈꾸는 기도이다. 우리는 허황된 기도를 하지만 워런 버핏은 허황된 기도를 하지 않았다.

뜻이 있는 곳에 길이 있다. 그러나 길을 찾고 길을 닦고 그 길로 달려가는 것은 본인의 몫이다. 어린 시절 버핏의 집에는 주식 관련 책들이 널려 있었다. 버핏의 아버지가 주식 중개인 일을 하고 있었기 때문이다. 어린 버핏은 주식 관련 책을 집어들고 읽기 시작했다.

아버지는 그런 버핏을 말리지 않는다. 버핏은 그때부터 책을 읽는 습관이 생기기 시작했다. 열여섯 살이 되었을 때 이미 수백 권의 책을 독파했다.

버핏의 독서량은 보통 사람의 5배가 넘는다. 독서 대상은 대부분 사업 관련 책들이다. 버핏이 남다른 사업 감각을 발휘할 수 있었던 에너지는 독서에서 나왔다. 사소한 독서 습관이 나비의 날갯짓이 되어 세계 최고의 갑부라는 태풍이 되었다.

여기에서 주목할 것은 관심 분야를 파고드는 습관이다. 생각이 바뀌면 행동이 바뀌고, 행동이 바뀌면 습관이 바뀌고, 습관이 바뀌면 성격이 바뀌고, 성격이 바뀌면 운명이 바뀐다. 어떤 일에 대하여 사소하다고 생각하면 그것은 사소한 것으로 끝나버린다. 그러나 관심 분야의 습관이 될 때는 무서운 힘을 발휘한다.

버핏은 지금도 매년 60권 이상의 책을 읽는다. 그의 독서는 목적이 있는 독서다. 투자를 통해 부자가 되고자하는 목적이 있는 독서다. 그것을 비난해선 안 된다. 버핏이 충고하는 독서법은 이렇다.

1. 독서의 목적을 세워라. 독서를 통해 무엇을 할 것인가를 결정하면 책을 읽을 필요성을 깨닫게 되고 열정을 일깨울 수 있다.
2. 책을 통해 성장하라. 책은 중요한 학습도구다. 현재보다 나은 나를 생각

하고 성장할 수 있도록 책을 활용하여 능력을 향상시킬 수 있다.

3. 나의 수준을 돌파하라. 노력 여하에 따라 미래가 바뀐다. 자신의 한계를 넓힘으로써 미래로 나아가는 원동력을 만들어낼 수 있다.

4. 끊임없이 노력하라. 노력 없이 주어지는 일은 없다. 책읽기를 통한 학습은 쉽지 않다. 때로는 지루하고 재미없다. 하지만 그 열매는 달콤하다.

5. 최고를 지향하라. 목표를 높이 세울수록 달성되는 결과물이 달라진다. 한계를 규정해 낮은 목표를 세우기보다 고차원의 목표를 세움으로써 달성 가능한 결과물을 얻을 수 있다.

버핏은 지금도 매일 아침 신문을 읽고, 하루종일 독서를 하고 있다. '지식은 기능이다. 복리처럼 쌓여가는 것이다'라고 했다. 주식으로 부자가 되기 위한 버핏의 어드바이스는 이렇다.

♣ 장기적인 시야를 가질 것. 돈을 벌기 위해 투자자는 단기간에 판매할 주식을 사지 않아야 한다.

♣ 자신의 돈으로 투자하라. 자신의 돈이 아니면 투자자는 불필요한 불안에 빠져 잘못된 결정을 내리는 경향이 있다.

♣ 인간관계를 구축하고, 다른 사람에게 정중하게 대하라. 쌓아온 인간관계는 비즈니스에 대한 지식과 바꿀 수 없다.

♣ 과거가 아닌 미래를 보자. 과거 실적에 얽매이지 않고 미래의 성장을 보는 것이 투자처를 선택할 때 중요하다.

♣ 군중심리를 피하자. 다른 사람이 욕심을 낼 때는 조심하자. 남들이 경계

하고 있는 경우에만 욕심을 부릴 것.

♣ 정지할 때를 알자. 구멍에서 벗어나려고 더 깊은 구멍에 빠지는 일이 종종 있다. 문제를 피하기 위해 때로는 포기도 필요하다.

♣ 돈에 휘둘리지 않는다. 자신이 얼마나 돈을 가지고 있는지, 거기에 휘둘리지 말라. 부자가 되는 것은 좋은 일이지만 더 중요한 것은, 어떻게 거기에 이르렀는지, 누가 그것을 돕고 지지해 준 것인가이다.

버핏은 1930년 미국 네브래스카주 오마하에서 사업가이자 투자가의 둘째 아들로 태어났다. 어렸을 때부터 껌이나 콜라, 주간신문 등을 팔고, 할아버지의 채소가게에서 일을 하고, 핀볼기계를 이발소에 설치해 장사를 하는 등 돈을 벌고 모으는 데 관심이 많았다. 11살 때에는 누나와 함께 100달러의 자금으로 주식투자를 하기도 했다.

26살 이후 고향 오마하를 벗어나지 않고 있다. 성공적인 투자활동으로 투자의 귀재로 통한다. 그는 주식시장의 흐름을 정확히 꿰뚫는 눈을 가졌다 하여 '오마하의 현인'이라는 별칭을 가지고 있다. 억만장자이면서도 검소한 생활태도를 지니고 있다. 2006년 재산의 85%를 사회에 환원하기로 약정하는 등 적극적인 기부활동을 펼치고 있다. 2008년 미국 경제전문지 《포브스》에 의해 세계 재력가 1위(재산 58조 8천억 원)에 선정되었다.

영웅소설을 읽고 기업 영웅이 되다
– 일본 소프트뱅크 회장 손정의

손정의는 고등학교 1학년 때 4주간 어학연수를 갔다. 연수를 다녀온 후 그는 미국 유학을 결심했고 버클리대학교 경제학부를 졸업하였다. 자유분방하고 개방적인 미국 사회에 매료되었기 때문이었다. 이때 인생의 롤모델 '사카모토 료마'를 만났다. 에도 막부 말기의 풍운아 사카모토 료마를 주인공으로 한 시바 료타로(司馬遼太朗)의 장편소설 『료마가 간다』를 정독했다. '나도 료마처럼 큰 포부를 품고 세상을 호령하겠다. 내가 펼칠 세계는 비즈니스다.' 손정의는 비즈니스 세계에 승부를 걸기로 결심했다.

"5년 후 매출은 100억 엔, 10년 뒤 500억 엔을 돌파할 것입니다. 궁극적으로는 1조, 2조 단위로 끌어올리고자 합니다."

1981년, 일본 큐슈 후쿠오카의 허름한 목조건물 사무실에서 스물네 살 청년이 사과궤짝에 올라 직원들 앞에 섰다. 직원이라고 해봤자 고작 세 명이었다. 젊은 사장의 허무맹랑한 연설을 듣고 직원들은 기가 막혀 회사를 떠나버렸다.

빌 게이츠가 인정한 '승부사risk taker', 손정의(손 마사요시) 소프트뱅크 회장이 창업할 당시의 일화다. 그때 손정의 연설은 허풍으로 여겨졌다. 30년이 지난 2011년 소프트뱅크는 자회사 117개, 투자회사 73개, 순매출 2조7,000억 엔의 거함이 되었다.

손정의는 어릴 적 야스모토 마사요시(安本正義)라는 일본 이름으로 불리었다. 그에게 있어 '자이니치(재일조선인)'라는 뿌리는 드러내고 싶지 않은 콤플렉스였다. 그는 1957년 일본 큐슈 사가 현의 한인 밀집지역 무허가 판자촌에서 태어났다. 대구가 고향인 할아버지 손종경은 열여덟 살에 탄광 노동자로 일본으로 건너갔다. 아버지 손삼헌도 중학생 때부터 돈벌이에 나서야 할 만큼 가정 형편이 어려웠다.

그에게 가난보다 더 큰 걸림돌은 재일 한국인 3세라는 사실이었다. 초등학교 선생님이 되고 싶다는 꿈을 포기한 것도 한국 국적 때문이었다. 귀화시켜 달라고 부모를 졸랐지만, 그의 아버지는 '초등학교 선생님도 훌륭한 직업이지만, 너는 다른 쪽에 소질이 있는 것

같구나'라고 격려했다. 손정의의 부모는 교육열이 매우 높았다. 또 가난을 떨치기 위해 닥치는 대로 일했다. 부친은 밀주를 만들어 팔 정도로 안 해본 일이 없었다.

그는 미국에서 고교 과정을 3주만에 마쳤다. 6개월 어학코스를 거쳐 샌프란시스코 교외의 세라몬테고 10학년(고교 1학년)으로 편입했다. 월반을 거듭하여 3주만에 고교 졸업 검정고시에 도전했다. 막상 검정고시 기회가 주어졌지만 심각한 문제가 있었다. 시험문제를 풀기에 그의 영어 실력이 한참 부족했다. 손정의는 시험 감독관에게 "영어 실력을 보는 게 아니지 않습니까?"라고 정중하게 말했다. 감독관은 일영사전 사용을 허락했다.

홀리네임스칼리지를 다니다가 1977년 버클리대학교 경제학부 3학년에 편입한 때가 만 열아홉이다. 이때 청년 손정의는 '인생 50년 계획'을 세웠다. '20대에 사업을 일으키고 이름을 떨친다. 30대에 1,000억 엔의 자금을 모은다. 40대에 큰 사업을 일으킨다. 50대에 사업에서 큰 성공을 이룬다. 60대에 후계자에게 사업을 물려준다.' 놀랍게도 이후의 그의 삶은 이 계획대로 진행되었다.

버클리대학 재학 시절 손정의는 우연히 과학잡지 《파퓰러 일렉트로닉스》에서 본 인텔 마이크로프로세서 확대 사진에 마음을 빼앗겨 IT 세계에 빠져들었다. 대학 졸업과 동시에 일본으로 돌아온 손정의는 1981년 9월 3일, 자본금 1,000만 엔으로 소프트뱅크를 세웠다. 때마침 전자오락과 PC 붐이 일면서 회사는 파죽지세로 성장했다. 창업 30주년인 2010년 6월 발표한 '신 30년 비전'은 더욱 원대한 포부를 담았다. 30년 후 시가총액 200조 엔, 계열사 5,000개를 거느리는 세계 톱 10 기업이 되겠다는 구상이다. 현재 시가총액보다 100배나 큰 기업집단을 만든다는 것이다. '손정의 2.0(후계자)'을 키우기 위해 소프트뱅크 아카데미아도 개교했다.

손정의 회장의 신 30년 비전 역시 30년 전 비웃음을 사면서도 당당하게 선언했던 창업포부만큼이나 거창하다. 한바탕 꿈으로 끝날지 아니면 새로운 소프트뱅크 성공 신화가 전개될지 가늠조차 어렵다. 그러나 '인터넷이 마음의 고향이라고 말하는 사나이' 손정의가 인생을 걸고 있는 '디지털 정보혁명'은 계속 진행 중이다.

교사의 꿈도 허락되지 않던 재일 한국인 손정의가 현실에 안주했다면 일본 사회에서 영원히 비주류로 살아갈 수밖에 없었을 것이다. '거품을 만들어내는 사나이'라는 일본인들의 비아냥을 뒤로하고 소프트뱅크는 2011년 가장 많은 순이익을 기록했다. 일영사전 사용을 허락해줄 수 없다던 감독관에게 더듬거리는 영어로 '내게는 그런 배려를 받을 권리가 있다'고 설득한 소년의 돌파력이야말로 큰 자산이다.

한 편의 영웅소설이 한 사람의 기업영웅을 만들었다. 그의 머리는 지금도 쉼 없이 작동하고 있다. 작동의 샘, 작동의 윤활유는 책을 통한 독서다. 손정의 소프트뱅크 회장은 간염으로 3년간 병석에 누워 있었던 적이 있다. 입원했던 3년 동안 무려 3,000권의 책을 읽었다. 매일 세 권 가까이 읽은 셈이다.

"최고가 되려면 우왕좌왕하지 말고 한 우물만 파라" 손정의가 강조한 말이다. 공부하는 학생은 말할 것도 없고, 직장인들도 모두 최고가 되겠다는 마음으로 자기 일에 충실해야 한다는 것은 동서양이 다르지 않다.

애플을 만든 힘은 고전 읽기
– 스티브 잡스 (1955~2011)

'곧 죽게 된다는 생각은 인생에서 중요한 선택을 할 때마다 큰 도움이 된다. 사람들의 기대, 자존심, 실패에 대한 두려움 등 거의 모든 것들은 죽음 앞에서 무의미해지고 정말 중요한 것만 남기 때문이다. 죽을 것이라는 사실을 기억한다면 무언가 잃을 게 있다는 생각의 함정을 피할 수 있다. 당신은 잃을 게 없으니 가슴이 시키는 대로 따르지 않을 이유도 없다.'

– 스티브 잡스의 『스탠퍼드대학교』 졸업식 연설 중에서

영화 같은 인생을 살다 간 IT 트렌드의 주인공 스티브잡스. 그는 지구촌 제국의 황제였다. 우리는 그를 따르는 고분고분한 식민지 백성이다. 그가 작고한 후에도 영향력을 인정받는 이유는 그가 남긴

독서의 중요성 때문이다. 스티브 잡스는 1976년 스티브 워즈니악과 함께 애플 컴퓨터를 개발함으로써 PC 시대를 열었다. 30여 년이 지난 2007년에는 아이폰을 개발함으로써 스마트폰 시대의 서막을 열었다. 기술과 인간의 만남을 주도한 스티브 잡스는 현대 디지털 문화를 이끈 기술자이자, 사람들의 취향을 창조하는 사람이었다.

스티브 잡스의 인생은 입양으로 시작되었다. 그는 1955년 미국 캘리포니아주 샌프란시스코에서 태어났다. 생모 조앤 심슨은 보수적인 미국인 집안 출신이었다. 생부 압둘파타 존 잔달리가 시리아인이라는 이유로 결혼을 반대했다. 결국 조앤 심슨은 미혼모의 신분으로 잡스를 낳은 후 입양을 선택했다. 심슨은 잡스의 새 부모로 대학을 졸업한 고학력 부부를 원했다. 그리고 실제로 변호사 부부가 잡스를 입양할 예정이었다. 하지만 그들은 마지막 순간에 잡스 대신 여자아이를 택했다. 잡스는 대기자 명단에 있던 폴 잡스와 클라라 잡스 부부에게 돌아갔다. 심슨은 폴 잡스가 고등학교조차 졸업하지 못했고 클라라 잡스도 대학을 졸업하지 못했다는 사실 때문에 입양 서류에 서명하길 거부했고, 잡스 부부에게 '스티브를 꼭 대학에 보내겠다'는 약속을 받고 나서야 입양을 허락했다.

당시 북캘리포니아는 급격한 변화의 기로에 놓여 있었다. 기술이 급격히 발달하고 다른 한편으로는 영국에서 넘어온 사이키델릭 음악과 신비주의가 유행했다. 이 두 가지 문화는 잡스에게 큰 영향을 미쳤다. 잡스는 비틀즈의 팬이자 자유주의의 신봉자였다. 이는 잡스의 트레이드마크라고 할 수 있는 검정 터틀넥과 청바지 복장만 봐도 알 수 있다.

잡스는 현대 디지털 문화를 이끈 기술자Technologist이자 사람들의 취향을 만드는 사람Tastemaker이었다. 그는 사람들이 무엇을 좋아하고 어떤 디자인 환경 속에 있기를 원하는지 천재적으로 파악했다. 잡스는 그러한 기능을 실현할 수 있는 기계를 구상하고 자본과 노동을 결합해 애플의 다양한 기기를 만드는 데 성공했다. 잡스는 '어떤 제품을 원하는지 묻지 마라. 어떤 제품을 원할지는 소비자들도 모른다'고 했다. 잡스는 현실을 보는 것이 아니라 현실에 없는 새로운 것을 그의 상상력과 감수성으로 계속 개발했다. 잡스는 애플의 디엔에이DNA 속에 기술과 인문학을 결합하려고 했다. 그는 애플의 기술 속에 인문학적 교양과 인간이 녹아들어가길 원했다. 스티브 잡스는 PC 이후 시대에 만들어지는 기기에는 기술과 인간이 결합하는 것이 가장 중요하다고 강조했다.

'뛰어난 독서가지만 독서를 하느라 너무 많은 시간을 허비한다. 공부에 의욕을 갖거나 목적을 세우는 데 어려움을 겪고 있다. 때로는 규율에 어긋나는 행동을 한다.'

잡스의 초등학교 생활기록부에 나온 평가다.

잡스는 말썽은 피우지만 독서를 즐기는 그저 그런 아이였다. 잡스를 성공시킨 요인을 굳이 꼽으라면 인문학적 소양과 호기심이다. 인생은 성적순이 아니다. 모든 것에 흥미와 호기심을 갖고 그 흥미와 호기심을 집요하게 연구에 연결시킨다는 점이다.

어느 날, 집 근처에 살던 기술자가 탄소 마이크로 전자 피리를 만드는 것을 본 잡스는 그 기술자를 줄기차게 쫓아다니며 이유를 물었다. 이를 계기로 그 기술자와 친해져서 다양한 전자 공학의 기초지식을 습득했다. 대학을 중퇴한 잡스가 차고에서 시작한 애플이 실리콘밸리에서 주목 받는 기업으로 성장했다. 초창기에는 대기업에 컴퓨터를 납품하기 위해 고군분투했다. 젊은 시절 잡스는 셰익스피어 문학과 고전영화에 푹 빠졌다. 회사 이름을 '애플'로 지었을 만큼 사과를 좋아해 직접 사과주를 만들기도 했다.

잡스는 자신이 가장 좋아하는 것은 독서와 초밥이라고 말할 만큼 독서광이었다. 애플사가 창의적인 제품을 만든 비결은 기술과 인문학의 교차점에 있고자 노력했기 때문이라고 했다.

'인류가 현재까지 발견한 방법 가운데서만 찾는다면 당신은 결코 독서보다 더 좋은 방법을 찾을 수 없을 것이다. 독서와 혼자만의 시간을 가지고 새로운 일을 도모하라.'

'애플을 만든 결정적인 힘은 고전독서 프로그램 덕분이었다. 리드 칼리지 시절 플라톤과 호메로스부터 카프카 등 고전 독서력을 키

웠다.'

인문학적 소양이 없으면 기술은 인간과 관련 없는 그냥 기술일 뿐이다. 단순한 기술에는 인간 사랑이 없다. 기술의 최고봉인 핵무기에 인류애가 있나? 단순한 기술은 파괴를 인지하지 못한다. 잡스는 이것을 간파했다. 그래서 애플제국은 식민지 백성들로부터 사랑받고 있다.

3장
내 삶의 동반자는 책이다

마술은 다른 예술과는 다르게 관객이 존재하지 않으면 의미가 없는 상호예술이다. 내가 아닌 다른 사람의 생각과 삶, 관점을 이해하기 위해 1년에 약 200권 정도의 책을 읽는다. 책에서 영감을 얻고 타인을 이해하려고 노력한다.
마술사 최현우는 보통 3~4권의 책을 동시에 읽기 시작한다. 화장실용, 침실용, 전국투어 할 때 갖고 다니는 용, 대기실용 등 따로 정해서 읽는다. 최현우가 이처럼 책을 가까이하는 이유는 독서가 마술 공연에 아이디어를 주기 때문이다.

남명 조식은 선비였다. 선비였지만 평생 칼을 차고 다녔다. 책상에 앉아 책을 읽을 땐 시퍼런 칼을 책상머리에 두었다. 한순간의 방심도 허락하지 않았다. 졸음이 쏟아지면 칼을 어루만지며 마음을 다잡았다. 칼과 함께 쇠로 만든 방울도 항상 품고 다녔다. 몸이 움직일 때마다 방울은 요란하게 울렸다. 그때마다 한 치의 흐트러짐도 용납하지 않았다. 방울 또한 그의 칼처럼 마음을 다스리는 도구로 삼았다.

칼과 사투를 벌이고 책으로 마음을 다스려
– 외과 의사 이국종

모두가 싫어하지만 누군가가 해야 될 일이 있다. 훈련 중에 온갖 고초가 있지만 스포츠에서는 금메달만 따면 목표달성, 임무 끝이다. 목표달성, 임무 끝이 보이지 않는 일, 눈만 뜨면 피투성이와 씨름해야 하는 일, 외과의사 이국종 박사의 일상이다. 양복 입고 가끔 행사에 참석하고 언론과 인터뷰하는 모습은 이국종 박사의 참모습이 아니다. 카메라가 들어갈 수 없는 수술실이 그의 일터다. 피투성이 환자의 처참한 모습에 흔들리지 않고 그를 살리겠다는 집념의 덩어리가 이국종 박사의 참모습이다.

강한 정신력, 사명감, 급박한 상황에서도 흔들리지 않는 평정심이 그의 트레이드마크다. 독서는 그를 흔들리지 않게, 반듯하게 움직이게 하는 기둥이다. 이국종의 손에 들린 10센티 메스와 이순신의 2미터 장검은 다르지 않다.

매 순간 생사 고비에 선 외상환자의 몸속을 뚫고 들어가 칼로 사투를 벌이는 그에게 있어 책은, 이순신 장군이 전쟁 중에 쓰게 된 난중일기와 다를 바 없다. 그래서일까. 이국종 박사가 감명 깊게 읽고 추천한 책은 '칼, 전쟁'에 관한 것들이다. 그에게 하루하루는 삶과 죽음의 처절한 현장인 전쟁과 다를 바 없다.

이국종 박사가 추천한 책

『칼의 노래』 김훈 저

이국종 박사가 가장 좋아하는 책이라고 밝혔다. 이순신 제독(그는 해군 출신이다. 장군이란 표현 대신 제독이라고 표현한다)이 전쟁터에서 명예롭게 목숨을 바치기까지 겪은 사건들이 사실적으로 그려져 있다. 한계에 부딪힐 때마다 무너질 것 같은 자신을 끝없이 일으켜 세운 이순신의 모습을 생생하게 느낄 수 있다. 불안하고 고독한 그의 내면도 절절하게 표현되어 있다. 그는 시간이 나면 이 작품을 다시 읽고 또다시 읽는다고 한다. 어떤 페이지를 펼쳐도 자신의 상황에 대입할 수 있기 때문이다.

『남한산성』 김훈 저

『남한산성』은 병자호란 당시 남한산성에 갇힌 인조와 당파의 다

툼, 고통스러워하는 민중의 삶을 그렸다. 역사적 사실을 토대로 소설적 상상력을 펼쳤다. 순간순간 삶과 죽음을 목격하고 결정해야 하는 중증외상센터 외과의사 이국종. 시간과의 싸움, 결단과의 싸움에서 이기려고 이 책을 읽고 힘을 얻으려고 하는 모양이다.

『헐리우드 키드의 생애』 안정효 저

작품 속 영화광이 작부와 살며 시나리오를 쓰고 훌륭한 영화를 만들지만 실은 그것이 할리우드 영화의 교묘한 짜깁기였음이 밝혀진다. 주인공의 삶이 가짜에 불과한 것으로 끝나지만 오히려 카피의 모자이크화도 얼마든지 좋은 결과를 가져올 수 있다. 선진국에서 가져온 각기 다른 장점의 모자이크를 잘만 맞추어 환자를 살리는 데 도움을 줄 수 있다면 좋은 것 아닌가 하는 것이 이국종의 판단이다.

외과의사라고 해서 모든 수술을 다 잘할 수는 없다. 더 좋은 의술을 가진 세계의 훌륭한 의료진들의 의술을 카피하고 공부해서 모자이크화 하면 더 많은 환자를 살릴 수 있을 것이다. 의사가 환자 살리는 일엔 저작권이 없다. 이국종의 독서는 철저하게 혹은 처절하게 직업의식과 닿아 있다.

『사람의 아들』 이문열 저

의과대학생이었던 이국종은 대학 때 국문학과 선배한테 물었다. 어떤 책을 읽으면 되냐고. 그랬더니 선배가 한국을 대표하는 작가인 이문열 책을 읽어보는 게 좋겠다며 추천했다. 그날부터 『사람의 아들』을 시작으로 『영웅시대』, 『추락하는 것은 날개가 있다』 등 이문열 작가의 작품은 가리지 않고 읽었다. 그는 책을 읽을 때 한 작가의 작품을 마스터하는 독서를 한다. 이문열의 문장은 절세가인 아니 절세가문이다.

『초한지』 이문열 저

병원은 전쟁터와 다름없다. 삶 아니면 죽음이기 때문이다. 중상자만 다루는 이국종은 환자의 생사를 책임지고 있다. 그래서일까. 전쟁물을 즐겨 읽는다. 죽이는 기술이 아니라 살리는 지혜를 얻기 위함일 것이다.

『초한지』는 초나라와 한나라의 전쟁. 전쟁의 주축인 항우와 유방이라는 두 영웅과 그를 둘러싼 수많은 자들이 충성과 변절의 과정을 그린 작품이다. 영웅이 되기를 꿈꾸는 두 주인공들의 파란만장한 인생이 작품 속에 고스란히 녹아 있다. 마지막 장면이 가장 기억에 남는다고 한다. 항우와 마지막까지 남은 최측근 무장들이 죽기 전까지 전투를 치르는 상황이 생생한 서사와 묘사로 그려져 있다. 그러다 죽음을 맞이한다.

생명을 살리는 데 사용되는 그의 칼이 더욱 빛나기를 바라며, 그의 손과 영혼이 평정심을 잃지 않도록 책이 함께 하기를 진심으로 바란다.

최근에, 이국종의 중증외상센터에 그토록 원하던 의료용 전용헬

기가 마련되었다는 뉴스를 접했다. 더 바빠지겠지만 무엇보다 생명을 살리는 시간을 단축할 수 있을 것이다. 우리 사는 세상에서 생명을 살리는 것보다 더 소중한 것이 무엇이 있겠는가.

아이디어를 얻기 위해 1년에 200권을 읽는다
– 마술사 최현우

남녀노소 누구나 즐기는 최현우의 마술쇼!

왜 우리는 마술을 트릭이라고 알면서도 즐기는가. 마술을 많이 접하지 못한 사람은 마술사를 '속임수꾼'이나 '사기꾼' 정도로 취급한다. 마술사의 입장에서는 아이디어, 기획, 연출, 등 모든 분야를 다 신경써야 한다. 또한 마술에서 NG란 있을 수 없다. 완벽한 연출을 위해 스텝들과 끊임없는 연습을 한다. 우리가 TV에서 편히 앉아 접하는 마술은 마술사의 땀과 노력의 결과다.

마술은 상대방을 속이는 것이다. 하지만 마술사는 남을 속임으로서 자신의 이익을 취하며 남의 불행을 만드는 사기꾼과는 다르다. 마술사는 상대방을 잠시 속임으로써 상대방으로부터 웃음을 자아내고 행복하게 만들어 준다.

최현우는 최초의 마술사인 이흥선의 유일한 제자이자 대한민국 국민 마술사다. 어린 시절은 조용하고 내성적인 학생이었다. 낯을 많이 가리고 부끄러움이 많아 사람들 앞에 쉽게 나서지 못했다. 사춘기가 시작된 고등학생 때 여자친구를 사귀고 싶은 마음이 들었다. 우연히 TV에서 세계적인 마술사 데이비드 카퍼필드의 모습을 보았다. 자신감 넘치는 그의 모습을 보고 '마술을 배우면 여자친구가 생길 수도 있겠다'는 생각이 들어 취미로 마술을 시작했다.

친구들 앞에서 동전 5개가 사라지는 간단한 마술을 선보이니 친구들이 "다른 마술 또 없어?"라며 관심을 보였다. 새로운 마술을 선보이기 위해 여러 가지 마술을 집에서 연습하는 과정이 너무 즐거웠다. 그때부터 지금까지 매일 즐기듯 마술을 한다.

관객들의 눈을 사로잡는 마술사가 되겠다고 결심했지만 쉽지 않았다. 낯을 많이 가리는 성격 탓에 사람들 앞에만 서면 손이 심하게 떨리고 얼굴도 빨개졌다. 그는 이 현상을 극복하기 위해 20세 때 지하철역에서 껌을 팔며 사람들의 눈을 일일이 마주치고 자신감 있게 말하는 연습을 했다. 사람들 앞에 당당히 설 수 있는 훈련을 꾸준히 해서 국내 최다공연 마술사로 우뚝 설 수 있었다.

최현우는 남들보다 손이 작다. 무언가를 숨기는 트릭을 선보이기 위해 다른 마술사의 2,3배 이상의 연습을 해야 했다. 20세 때 데뷔한 그가 첫 휴가를 간 것은 32세가 되어서다. 단 하루도 쉬지 않고 마술 연습에 몰두해왔다.

공연 하나를 완성하는 데 약 2년의 시간이 걸린다. 공연에서 예상치 못한 일이 발생할 경우의 수를 모두 고려해 대본을 작성하고 수십 번의 리허설을 거쳐야 한다.

새로운 마술을 만들어내는 것은 항상 어렵다. 특히 마술사의 입장이 아닌 관객의 입장에서 마술을 생각해 보아야 하는 것이 가장 어렵다. 새로운 마술을 만들 때 가장 중요한 것은 관객들이 신기해 할 만한 마술을 만드는 것이다. 마술사는 이미 마술이 어떤 원리로 이뤄지는지 알고 있기 때문에 마술을 처음 보는 사람의 입장이 되어 생각해 보아야 한다.

마술은 다른 예술과는 다르게 관객이 존재하지 않으면 의미가 없는 상호예술이다. 내가 아닌 다른 사람의 생각과 삶, 관점을 이해하기 위해 1년에 약 200권 정도의 책을 읽는다. 책에서 영감을 얻고 타인을 이해하려고 노력한다.

그는 보통 3~4권의 책을 동시에 읽기 시작한다. 화장실용, 침실용, 전국투어 할 때 갖고 다니는 용, 대기실용 등 따로 정해서 읽는다. 최현우가 이처럼 책을 가까이하는 이유는 독서가 마술 공연에 아이디어를 주기 때문이다.

'제 마술의 대부분은 책에서 이루어졌습니다. 책에서 아이디어를 얻고 책에서 새로운 것들을 갖고 와서 다양하게 활용합니다.'

'책이야말로 우리 인생을 훌륭하게 변화시킬 수 있는 마술입니다. 책을 읽으면 생각이 바뀌고 힘든 일이 닥쳐왔을 때 견딜 수 있는 정신적인 지주가 됩니다.'

마술은 요술이 아니다. 마술가는 전지전능한 신이 아니다. 마술은 아이디어와 노력의 산물이다. 노력은 치열한 반복으로 가능하지만 아이디어는 창조해야 한다. 아이디어는 하늘에서 뚝 떨어지는 것이 아니다. 생각하고 조사하고 찾아야한다. 최현우는 아이디어를 독서에서 얻는다.

어느 방송에서 최현우가 소개한 '오늘의 책 한 권'은 미셸 루트번스타인, 로버트 루트번스타인의 『생각의 탄생』이다. 그는 생각의 유연성과 창조적 사고를 기르는 데 많은 시간을 쓰는 마술사라는 직업에 걸맞게 가장 큰 도움을 줬던 책이 『생각의 탄생』이었다고 회고했다.

『생각의 탄생』은 레오나르도 다빈치, 아인슈타인, 파블로 피카소, 마르셀 뒤샹, 리처드 파인먼, 버지니아 울프 등 역사 속에서 뛰어난 창조성을 발휘한 사람들의 생각의 방법을 담은 책이다.

분야를 막론하고 총 13가지로 생각의 방법론을 정리한 책이다. 천재들이 자신의 창작 경험 안에서 발견하고 정의했던 '생각'이란 무엇인지 또 서로 다른 시대를 살았던 천재들이 '생각'에서 얼마나 닮은 꼴이었는지 알려준다.

최현우가 마술사라는 직업을 택한 후, 창조적 예술가로 살기 위한 절박함이 간절했을 때 이 책을 읽었다. 역사 속 인물 중 함께하고 싶은 사람은 헬렌 켈러를 꼽는다.

소설 주인공 이름을 회사 이름으로
– 롯데그룹 창업주 신격호

발상이 참으로 경이롭다. 감명 깊게 읽은 소설의 주인공 이름을 회사 이름으로 지었다. 한국 경제의 든든한 기둥 중 하나인 롯데그룹, 회사 이름의 유래를 알면 놀랍고 입이 벙긋해진다. 천하를 얻은 영웅의 이름도 아닌, 지략과 술수에 뛰어난 인물도 아닌, 우울한 청년이 우울하게 짝사랑한 여인의 이름을 회사 이름에 갖다 붙였다. 섬세한 감성과 내공이 아니면 선택할 수 없는 용기다.

신격호(롯데그룹 총괄회장)는 학창시절 작가를 꿈꿨다. 소설을 많이 읽었다. 그 중 괴테의 『젊은 베르테르의 슬픔』에 큰 감명을 받았다. 베르테르가 짝사랑한 여주인공 샤로테 부프Charlotte Buff의 애칭 '로테'의 일본식 발음을 따라 '롯데Lotte'를 회사 이름으로 지었다. 누구나 사랑할 수밖에 없고 그럴 자격이 충분한 제품을 만들고 싶다는 바람이 담긴 회사명이다. 그는 '롯데라는 이름이 떠올랐을 때 충격과 희열을 느꼈다'고 회고할 정도로 사명에 애착을 보였다. '롯데를 선택한 것은 내 일생 최대의 수확이자 걸작의 아이디어라는 생각에 변함없다'고 했다.

신격호 총괄회장은, 1922년 10월 4일 경상남도 울산군 상남면 둔기리에서 10남매의 맏이로 태어났다. 만 7세가 되기 전 삼동공립보통학교에 입학했다. 동급생보다 어린 탓에 체격이 작은 학생이었다. 신 총괄회장의 학창시절 기록을 살펴보면 공부를 잘하는 편은 아니었다. 기록을 보면 '수업 시간에 옆을 본다. 태만하지는 않지만 싫증을 잘 내는 성질이 아닌가 생각된다'고 평가했다. 학업성적도 10점 만점을 기준으로 5~7점에 불과했다. 이는 57명 가운데 40등 정도의 하위권 성적이다. 또 등하교 거리가 멀었던 탓인지 매년 30일쯤 결석했던 기록도 있다.

친척의 경제적 지원으로 울산농업보습학교(현 언양중학교)에도 진학했지만 이곳에서도 성적은 부진했다. 다만, '덩치는 크지 않지만 행동거지는 무겁고 또래답지 않게 말수가 적다. 바둑을 취미로 둔 소년'이라는 담임교사의 평이 남아 있다. 졸업 후 1년간의 연수과정까지 마치고 조혼 풍습에 따라 열여덟의 나이에 노순화 씨와 결혼을 했다.

가정도 꾸리고 평범한 사회생활을 시작했지만 고향에 살아보니 가난의 끝이 보이지 않았다. 일본으로 가서 공부해 성공해야겠다고 결심했다. 한 번 마음먹은 일은 해내고마는 성격답게 친척들에게 당시 면서기 두 달치 월급이던 83엔을 빌려 가족 몰래 1941년 현해탄을 건넜다.

일본에 가서 우유배달, 신문배달, 공장 파트타임, 잡일까지 닥치는 대로 일했다. 고학생 신분으로 학비를 벌기 위해 동분서주했다. 그의 꿈은 작가였다. 틈만 나면 헌책방으로 달려가 독서를 했다. 작가가 되기 어려우면 신문기자가 되고 싶다는 꿈도 꿨다. 하지만 문학으로는 밥을 먹고 살 수 없다는 현실을 깨달았다. 그래서 와세다 고등공업학교(현 와세다대)에 야간부 화학과에 입학했다.

신격호의 동경 유학시절 하숙집 주인은 전쟁미망인이었다. 그녀는 1944년 요절하면서 당시 14세이던 딸 하츠코를 유학생 신격호에게 부탁했다. 이때 막 와세다를 졸업한 신격호는 사업을 시작했다. 그의 전공을 살려 비누와 크림을 생산하며 성공을 거두기 시작했다. 결정적인 도약은 일본에 진주한 미군들이 씹고 있던 껌이었다. 처음 일본에서 시작한 사업이 껌이었다. 이때는 배고픔이 먼저였다. 전쟁 직후라 주전부리에 불과했던 '껌 사업'에 대해 회의적인 시선들이 많았다. 하지만 주변의 예상과는 달리 일본 내에서 '풍선껌'이 선풍적인 인기를 끌며 성공했다. 사업은 단순한 공식에 대입해서 진행하는 것이 아니다. 창의력, 상상력, 도전정신이 필요하다. 문학의 힘이 그

것이다. 영원한 문학청년 신격호의 사업 아이디어는 문학에서 나온 것으로 보인다.

1966년부터 사업을 대한민국으로 확장했다. 홀수 달에는 한국에서, 짝수 달에는 일본에 머물며 그룹을 경영해 '대한해협의 경영자'라는 별명을 가지고 있었다.

사업도 예술이다. 문학적 창의력, 상상력이 필요하다. 번뜩이는 아이디어는 거기서 나온다. 신 총괄회장은 독특하고 과감한 광고로도 주목을 받았다. 그 중 '미스롯데 선발대회'는 획기적인 아이디어로 손꼽힌다. 컬러텔레비전 전성시대를 미리 내다봤다. 브라운관을 통해 아름다운 미인들을 뽑는 대회를 열었다. 미인이 주는 아름다운 이미지를 보면 롯데와 상품이 연상되어 좋은 홍보효과를 가져올 것이라며 미인 마케팅을 도입했다.

예상은 적중했다. 껌을 만드는 제과회사가 미인대회를 연다는 것 자체만으로도 화제가 됐다. 여기에 화려한 외모를 뽐내는 수상자들이 최고급 외제차를 타고 거리행진을 하는 모습은 사람들의 시선을 끌기에 충분했다. 롯데는 돈으로 환산할 수 없는 홍보효과를 누렸다.

그는 가난을 벗으려고 문학도의 꿈을 접고 홀로 현해탄을 건너가 신격호라는 이름과 시게미쓰 다케오라는 두 개의 이름으로 살았다. 지금은 여러 가지 문제로 불우한 말년을 보내고 있다. 그의 이름과 명성이 바래고 희미해지지만 젊은 베르테르의 애간장을 녹인 샤로테의 혼은 지금도 생생하게 살아 있다. 괴테의 고국 독일도 아닌 한국에서. 롯데그룹의 총자산은 108조여 원, 계열사는 94곳에 이른다. 소설 주인공 이름을 회사명으로 짓는 기업이 또 나올 수 있을까?

– 신격호 어록

♣ 큰일을 하려면 작은 일도 알아야 한다. 껌은 23개 계열사에서 생산되는 제품 1만5000종 중 하나일 뿐이다. 나는 1만5000 가지 제품의 특성과 생산자, 소비자 가격을 알고 있다.

♣ 롯데와 거래하면 적어도 손해는 보지 않아야 한다. 잘 모르는 사업을 확장 위주로 경영하면 결국 국민에게 피해를 주게 된다. 고객이건 협력업체건 롯데와 거래하면 적어도 손해는 보지 않아야 한다.

♣ 기업인이 자기선전을 많이 하면 곤란할 때가 있다. 회사가 잘될 때는 괜찮은데 잘못되면 인간적으로 어렵게 되고 회사도 부담이 된다.

♣ 한국 기업인은 과감하긴 한데 무모하게 보일 때도 있다. 회사의 성공이나 실패를 모두 자신의 책임으로 돌리면 신중해지고 보수적이 된다. 그러다보니 빚을 많이 쓰지 않게 됐다.

♣ 나는 운이란 걸 믿지 않는다. 벽돌을 쌓아올리듯 신용과 의리로 하나하나 이뤄나갈 뿐이다.

♣ 언제까지 외국 관광객에게 고궁만 보여 줄 순 없다. 세계적인 명성을 가진 건축물이 있어야 관광객들의 관심을 끌 수 있다.

구수한 사투리의 비밀
– 야구 해설가 허구연

특유의 사투리 발음 등 많은 단점에도 불구하고 허구연은 몇십 년간 대한민국 야구 해설자로 자리를 지키고 있다. 이유는 해설이 재미있기 때문이다. 재미없는 투수전이든 에러가 계속 나오는 수준이하의 경기도 허구연의 해설을 곁들이면 다이나믹한 경기가 된다. 류현진의 메이저리그 선발 등판 경기마다 해설을 전담하는 이유는 이러한 몰입감 때문이다. 구수한 사투리와 함께 허구연의 해설은 중독성이 있다.

따분하고 재미없는 스포츠 중계도 많이 있다. 아나운서, 해설자의 빈약한 지식 때문이다. 누가 공을 차서 누구에게 줬다. 누가 골을 넣었다. 누가 던지고 있다. 스트라이크다. 아웃이다. 이런 말만 앵무새처럼 반복하는 중계는 재미가 없다. 그럴 땐 차라리 소리를 없애고 화면만 보고 싶다.

허구연이 수십 년간 야구 해설 전문가로 활약하는 비밀은 무엇일까? 그가 언론 인터뷰에서 밝힌 비밀은 책과 서재다.

그에게 서재는 물이 마르지 않는 우물이다. 서재에서 많은 시간을 보내면서 야구에 대한 공부도 하고 분석도 하고 중계방송 준비도 한다. 서재는 마르지 않는 우물처럼 끊임없이 정보를 접하게 되는 공간이다. 야구 연구소, 작업장 역할을 하는 곳이 그의 서재다. 우리는 어느 분야에서든 전문가가 되고 싶어한다. 전문가가 되는 방법은 간단하다. 실천하지 않기 때문에 비전문가의 자리에 머물 뿐이다.

그의 집에도 서재가 있고 사무실에도 서재가 있다. 많은 시간을 보내는 사무실 서재에는 거의 대부분이 미국, 일본 야구 스포츠 관련 서적들이 채우고 있다.

야구 해설의 어려움은 짧은 시간에 정확하게 설명을 해야 한다는 것이다. 그렇기 때문에 평소에 많은 지식과 정보를 입력해두었다가 짧은 시간에 뱉어내야 한다. 순간적 발언은 머릿속에 DB가 구축이 되어 있어야 가능하다. 해설을 잘하기 위해서는 야구만 알아서는 안 되고 독서를 통해 그리고 다양한 경로를 통해서 많은 정보를 습득해야 한다. 특히 비유적인 멘트는 독서 지식에서 축적된 돌출 발언이다. 시청자는 따분한 직설화법보다는 비유적 표현에 혹하고 매료된다. 경기 상황을 직설적으로 설명한다면 해설이 필요 없다. 스포츠 해설뿐만 아니라 정치, 경제, 사회에 대한 식견과 예지력은 다양한 독서를 해야만 가능하다.

또한 해설은 논리적이고 정리가 되어야 한다. 허구연은 대학에서 법학을 전공했다. 법학 서적을 열심히 읽고 공부했던 것들도 해설하는 데 많은 도움이 되었다. 법의 엄격성, 논리와 추론을 융합해서 명해설가로 활약하고 있다.

1982년 프로야구 개막과 함께 본격적으로 마이크를 잡은 허구연 MBC 해설위원은 한 가지 결심을 했다. 국적이 없는 일본식 야구용어를 바로잡겠다고 한 것이다.

정식으로 계약한 후 MBC 관계자들이 '앞으로 어떻게 할 것이냐?'고 해서 '야구용어를 바꿀 생각'이라고 했다. 당시에는 국적불명의 일본식 야구용어를 쓰고 있었다. 야구는 미국에서 건너온 것이다. 태권도가 하나, 둘, 셋이라고 하듯이 미국용어를 쓰든지 아니면 우리말로 바꿔야 한다고 강조했다.

포볼을 볼넷이나 베이스온볼스, 데드볼은 몸 맞은 공, 온더베이스는 태그업으로 등등 프로야구 중계는 물론이고 하이라이트 프로그램 등을 통해 줄기차게 올바른 용어를 설명하고 주입했다. 한국야구용어에 전환점을 만들었다. 그런 노력이 없었다면 지금도 공사판과 마찬가지로 일본식 야구용어를 쓰고 있을 것이다.

허구연이 밝힌 해설가론은 이렇다.

"그냥 경기 중계만 하는 해설가로 끝나면 안 됩니다. 해설하면서 팬들에게 야구를 이해시키고 대중화시키고 여기에 부족한 인프라, 선수 수급 같은 한국 야구의 문제점들도 얘기해야 해요. 현장에 있는 감독·선수들은 승리만 생각하지 다른 것을 볼 여유가 없거든요. 이게 야구해설가의 역할이라고 생각해요."

해설가는 처음 야구를 접하는 팬과 마니아층 사이의 간격을 조정해야 한다는 것이 그의 지론이다. 스포츠는 즐기는 것, 당연히 오락적 요소와 야구 본연의 진지함을 적절히 섞을 수 있어야 한다. 이게 허구연 해설의 특징이요 매력이다. 그는 감독의 머릿속을 들여다보듯 작전상황 예측을 잘하기로 유명하다.

'많이 공부하고 게임에 몰입하면 영감이 떠오른다'는 것이 그의 설명이다. 많이 공부하고, 그 평범한 말의 실체는 결코 만만치 않다. 그는 야구 DB업체를 운영하고 있다. 아침 일찍 출근, 미국 메이저리그 15게임을 두루 본다. 오후 6시면 일본 야구도 대부분 본다. WBC나 올림픽 같은 국제대회에서 미국이나 일본 선수들의 장단점을 꿰뚫는 것도 이런 노력의 결실이다. 야구 인구의 저변확대, 즐기는 야구, 전문가 뺨치는 야구 매니아들이 많아지는 것은 즐거운 일이다.

책상 앞에 칼을 두고 책을 읽다

– 남명 조식 (1501~1572)

만성漫成 : 편하게 쓴 시

平生事可嘘嘘已 평생사가허허이 : 한평생의 일들에 한숨만 나올 뿐인데

浮世功將矻矻何 부세공장골골하 : 뜬구름 같은 세상 부귀공명 힘써 무엇 하나.

知子貴無如我意 지자귀무여아의 : 알겠노라, 그대는 귀하여 나 같은 뜻 없음을

那須身上太華誇 나수신상태화과 : 어찌 몸이 태화산에 올라 과시해야만 하는가.

종죽산해정(種竹山海亭): 산해정에 대나무를 심고

此君孤不孤 차군고불고 : 이 대나무 외로운 듯 외롭지 않아
髥叟則爲隣 염수칙위린 : 소나무 있어 이웃이 되기 때문이라.
莫待風霜看 막대풍상간 : 바람과 서리 기다려 보지 않아도
猗猗這見眞 의의저견진 : 싱싱한 모습에서 그 참다움을 보노라.

우음偶吟 : 우연히 지은 시

人之愛正士 인지애정사 : 사람들이 옳은 선비 좋아하는 것이
好虎皮相似 호호피상사 : 호랑이 껍질을 좋아하는 것과 같구나.
生前欲殺之 생전욕살지 : 살아 있을 때는 죽이고 싶지만
死後方稱美 사후방칭미 : 죽은 뒤에는 훌륭하다 칭찬하는구나.

–남명 조식

1501년(연산군 7년) 경상좌도 예안현(지금의 경북 안동) 온계리에서 퇴계 이황이 태어나고, 경상우도 삼가현(지금의 경남 합천) 토동에서 남명 조식이 태어났다. 영남학파의 두 거봉이 된 이들은 같은 해에 태어나서 퇴계는 70세, 남명은 72세까지 장수했다. 퇴계가 경상좌도 사림의 영수라면 남명은 경상우도 사림의 영수다. 이 두 사람의 제자들은 동인 정파를 형성했다.

퇴계는 1534년 34세로 문과에 급제하여 승문원 부정자로서 사대부의 길을 갔다. 남명은 초야에서 학문에만 전념했다. 국가의 부름을 받았지만 나아가지 않았다. 선비가 공부해서 사대부가 되는 것이 상

식이다. 퇴계는 그 길을 걸었지만 남명은 그 길을 거부하고 재야 지식인의 길을 선택했다.

당시 유학자들은 학문을 이룬 뒤 벼슬에 나가는 것을 본분으로 삼고 이를 군신지의로 간주했다. 벼슬에 나가지 않는 것을 불의로 여겼다. 남명은 조정에서 여러 번 불렀음에도 불구하고 사양하여 군신지의를 저버렸다는 혹평을 듣기도 했다. 남명은 꼭 벼슬에 나가 왕을 돕는 데만 군신지의가 있는 것이 아니라며, 대도大道에 입각하여 현실을 비판하고 도를 후세에 전하는 것을 더 중요한 일로 여겼다. 미수 허목이 남명 선생 신도비문神道碑文에 '늘 뜻을 드높이고 몸가짐을 깨끗이 하며, 구차스럽게 조정의 요구에 따르지도 않거니와, 또한 구차스럽게 정치의 잘못을 묵과하지도 않는다. 자기의 몸값을 가벼이 하여 세상에 쓰임을 구하지 않아 고고한 자세로 홀로 우뚝 섰다'고 했다.

남명 조식은 선비였다. 선비였지만 평생 칼을 차고 다녔다. 책상에 앉아 책을 읽을 땐 시퍼런 칼을 책상머리에 두었다. 한 순간의 방심도 허락하지 않았다. 졸음이 쏟아지면 칼을 어루만지며 마음을 다잡았다. 칼과 함께 쇠로 만든 방울도 항상 품고 다녔다. 몸이 움직일 때마다 방울은 요란하게 울렸다. 그때마다 한 치의 흐트러짐도 용납하지 않았다. 방울 또한 그의 칼처럼 마음을 다스리는 도구로 삼았다. 한 번 결심을 하면 조금도 흔들리지 않았으며 의리에 조금이라도 벗어나면 자신에게도 용서 없이 질책했으며, 제자들에게도 그렇게 가르쳤다.

조식은 덕천 강가에 세심정을 짓고 살며, '저 무거운 종을 좀 보오. 크게 두드리지 않으면 소리가 없다오. 허나 그것이 어찌 지리산만하겠소. 하늘이 울어도 울리지 않는다오.' 같은 시를 지었다. 지리산을 '무거운 종'으로 여기고 그 지리산을 닮고 싶어했다. 지리산 천왕봉 주위에 살고 있는 것을 큰 기쁨으로 여겼다.

남명은 72세에 산천재에서 일생을 마쳤다. 임종시에 모시고 있던 제자 김우옹이 '명정에 어떻게 쓸까요?'라고 물으니 선생은 '처사處士라고 쓰는 것이 좋겠다'라고 대답했다. 선조는 예관을 보내어 제사지내고, 대사간을 추증했다. 광해군 때에는 문정공文貞公이란 시호諡號가 내려지고, 영의정에 추증되었다.

남명이 차갑고 냉철한 선비이기만 했을까. 풍류가객이기도 했다.

두류산 양단수를 예 듣고 이제 보니
도화 뜬 맑은 물에 산영조차 잠겼어라
아희야 무릉이 어디뇨 나는 옌가 하노라.

조정에 나아가지는 않았지만 명종 임금이 승하했다는 소식을 듣고는 이런 시조를 지었다.

삼동에 베옷 입고 암혈에 눈비 맞아
구름 낀 볕 뉘도 쬔 적이 없건마는
서산에 해 지다 하니 눈물겨워 하노라.

자연을 벗 삼아 책을 읽다

– 퇴계 이황 (1501~1570)

퇴계 이황은 경북 안동 도산에서 진사 이식의 여섯 째 아들 중 막내로 태어났다. 퇴계의 아버지는 서당을 지어 교육하려던 뜻을 펴지 못한 채, 퇴계가 태어난 지 7개월 만에 40의 나이로 세상을 떠나고 퇴계는 홀어머니 밑에서 자랐다.

퇴계는 당시로서는 늦은 나이인 34세에 문과에 급제하면서 관계에 발을 들여놓았다. 중종 말년에 조정이 어지러워지자 고향으로 돌아갔다. 그는 고향인 낙동강 상류 토계의 동암東巖에 양진암養眞庵을 짓고 자연을 벗 삼아 독서에 전념했다. 이때 토계를 퇴계라 개칭하고 자신의 아호로 삼았다.

'퇴계를 굽어보는 곳에 몇 칸 규모의 작은 집을 지어서 책을 간직하고 소박한 덕을 기를 곳으로 삼고자 했다. 퇴계 가는 지나치리만큼 고요하기는 하지만 마음을 활달하게 하기에는 어울리지 않았다. 다시 터를 옮기기로 작정하여 도산의 남쪽에서 이 땅을 얻게 되었다. 앞에는 낙동강이 흐른다. 고요하며 넓을 뿐더러 바위와 산기슭이 매우 밝고 돌우물이 달고 차가우니 세상을 피해 자신을 가다듬기에 안성맞춤이다. 이제야 비로소 속세의 울타리에서 몸을 빼내 시골생활에서 본분을 찾았다. 자연을 벗 삼은 즐거움이 내 앞에 다가왔다.'

살 곳을 정했던 당시의 상황을 기록한 글이다.

'나는 팔리기를 기다리는 물건과 같다'라고 고백했던 공자나 벼슬자리를 얻기 위해 여러 나라를 떠돌았다는 맹자와 달리, 퇴계는 20여 차례나 관직을 사양했다. 그래서 일부 사람들은 그에게 '산새'라는 별명을 붙여 조롱했고 어떤 사람들은 '세상을 깔보며 자신만 편하게 지낸다'고 비아냥거렸다. 당시 대학자였던 고봉 기대승이 관직에 나오지 않는 연유가 무엇인지 묻자, 퇴계는 '자신이 몸을 바쳐야 할 곳에서 의義가 실현될 수 없다면 당장 물러나야 '의'에 위배됨이 없을 것'이라고 대답했다.

《명종실록》에는 그가 관직을 그만둘 때 집에는 좁쌀 두어 말밖에 없었으며 하인도 없었다고 기록되어 있다. 또한 관직에 제수되어 상경할 때는 의관을 마련하지 못해 다른 사람이 빌려 주겠다고 나설 정도였다고 한다. 《중종실록》에는 사림 중에 성리학 연구와 문장 수준에서 '이황을 앞설 사람이 없다'라고 기록하고 있다.

'책은 정신을 차려 셀 수 없이 반복해 읽어야 한다. 한두 번 읽고 그 뜻을 대략 깨닫고 덮는다면, 몸에 충분히 밸 수 없다. 또한 마음에도 간직할 수 없다. 알고 난 뒤에도 몸에 배도록 더 깊이 공부해야만 비로소 마음에 오래 지닐 수 있게 된다. 그런 뒤에야 학문의 참된 의미를 경험하여 마음에서 기쁜 맛을 느낄 수 있다.'

독서는 산놀이와 같다고 하는데
이제 보니 산놀이가 독서와 같네.
낮은 데서부터 공력을 기울여야 하니
터득을 하려면 거기를 거쳐야지
구름 이는 것 봐야 오묘한 이치 알고
근원에 당도해야 시초를 깨닫지.
꼭대기 높이 오르도록 그대들 힘쓰오.
노쇠하여 포기한 이내 몸이 부끄러워라.

퇴계의 독서론이다.

퇴계는 죽기 직전까지 제자들에게 강론을 했다. 사망하기 나흘 전인 1570년 음력 12월4일, 제자들을 불러 모아 자신의 가르침이 올바르지 못했다고 자책했다. 이날 퇴계는 조카 이영을 불러 자신의 죽음이 임박했음을 알리면서 이렇게 당부했다.

'조정에서 예장禮葬을 하려고 하거든 사양해야 한다. 비석을 세우지 말고, 조그마한 돌에다 앞면에는 '퇴도 만은 진성이공지묘退陶 晩隱 眞城李公之墓'라고만 새기고, 뒷면에는 향리鄕里와 세계世系, 지행志行, 출처出處를 간단히 쓰고, 내가 초를 잡아둔 명銘을 쓰도록 해라.'

퇴계는 종1품 정승의 지위에 있었기 때문에 사후에는 예를 갖춰 장례를 치르는 것이 당연시 됐는데도 유언을 남겨 이를 사양했다. 단지 4언言 24구句의 자명自銘으로 자신의 일생을 간략하게 정리했다. 퇴계는 96자의 한시로 자신의 삶을 압축했다. 스스로 묘비명을 쓴 것은 제자나 다른 사람이 쓸 경우 실상을 지나치게 미화하거나 장황하게 쓰는 것을 염려했기 때문이다.

퇴계는 세상을 뜨던 날 평소 애지중지했던 매梅화분에 물을 주게 하고, 침상을 정돈시킨 뒤 일으켜달라고 해 단정히 앉은 자세로 사망했다.

퇴계가 사망하자 율곡 이이는 제문祭文에서 '물어볼 데를 잃고 부모를 잃었도다! 물에 빠져 엉엉 우는 자식을 뉘라서 구해 줄 것인가!'라며 정신적 · 사상적 거처를 잃게 됐음을 애통해했다.

조선 성리학의 기초를 세운 대선비 퇴계 이황, 나아감과 물러남의 의미를 우리에게 가르쳐 준 큰 스승이다.

용이 되지 못한 이무기

– 교산 허균 (1569~1618)

『홍길동전』은 국문학사상 최초의 한글 소설이다. 『홍길동전』하면 허균, 허균하면 『홍길동전』을 떠올린다. 허균의 호 가운데 하나가 교산蛟山이다. 교산에서 교蛟는 용이 되지 못한 이무기를 말한다. 교산은 그가 태어난 강릉의 사천진해수욕장 앞에 있는 야트막한 산이다. 산의 형상이 꾸불꾸불해서 붙여진 명칭이다. 허균은 '홍길동전'과 같은 이상세계를 꿈꾸었지만 끝내 용이 되지 못한 이무기로 끝나고 말았다.

광해군10년(1618) 8월 24일, 창덕궁 인정전 앞에서 살벌한 국문이 열렸다. 허균의 역모사건과 관련된 국문이었다. 허균의 죄상으로 거론된 내용은 다음과 같다.

무오년(광해군10년, 1618년) 무렵에 여진족의 침범이 있자 중국에서 군사를 동원했다. 그러자 조선이 여진의 본고장인 건주建州에서 가까워 혹시 있을지도 모를 여진의 침략으로 인심이 흉흉하고 두려워하는데 허균은 긴급히 알리는 변방의 보고서를 거짓으로 만들고 또 익명서를 만들어, '아무 곳에 역적이 있어 아무 날에는 꼭 일어날 것이다'라고 했다.

또한 허균은 밤마다 사람을 시켜 남산에 올라가서 부르짖기를, "서쪽의 적은 벌써 압록강을 건넜으며, 유구국琉球國 사람은 바다 섬 속에 와서 매복하였으니, 성 안의 사람은 피해야 죽음을 면하게 될 것이다."고 했다는 것이다. 이밖에도 노래를 지어, '성은 들판보다 못하고, 들판은 강을 건너니만 못하다'. 또 소나무 사이에 등불을 달아놓고 부르짖기를, "살고자 하는 사람은 나가 피하라."고 하니, 인심이 놀라고 두려워하여 도심 안의 인가人家가 열 집 가운데 여덟아홉 집은 텅 비게 되었다는 것이다. 이밖에도 김윤황을 사주해서 격문을 화살에 매어 경운궁 가운데 던지게 한 것, 남대문에 격문을 붙였다는 것 등이다.

허균을 둘러싼 이같은 의혹에 대해서, 《광해군 일기》에는 이것이 당시 대북 정권의 핵심이었던 이이첨과 한찬남이 허균 등을 제거하기 위해 모의한 것이라고 기록했다. 광해군10년 8월 24일, 인정전 앞에서의 국문에서 허균은 자신의 죄를 인정하지 않았다. 하지만 국문을 끝으로 허균은 생을 마감했다.

허균이라고 하면 급진적인 혁명가의 이미지가 가장 먼저 떠오른다. 서자로 태어났지만 지혜와 용기로 활빈당을 이끌고 부정부패와 맞서 싸우면서 자신만의 왕국을 세운 홍길동의 이미지가 허균과 겹쳐진다. 허균은 혁명가, 개혁가로서의 면모를 지녔지만 그것이 전부는 아니다.

허균은 독서광이었다. 벼슬을 버리고 강릉으로 돌아가서 만 권 서책 중의 좀벌레나 되어 남은 생애를 마치고자 한다고 말할 정도로 책에 대한 애정이 깊었다. 좋은 책이 있으면 구해서 읽었다. 또 책을 혼자서만 보지 않고 동료 선비들이 활용할 수 있도록 도서관 같은 것을 만들기도 했다.

조선의 사대부들이 성리학에 매몰돼 있을 당시 허균은 급변하는 중국 명나라 문단과 철학계의 동향을 주시하면서 새 책이 나오면 바로 구해 읽음으로써 사유의 지평을 넓히는 자료로 삼았다.

허균에게 독서는 살아가는 방책이기도 했지만 동시에 사회의 모순을 읽어내고 새로운 사유를 만드는 생각의 창고였다. 허균은 독서로 얻은 사유를 실천하는 독서인이었다. 독서는 자연스레 글쓰기로 이어졌다. 『홍길동전』에서 보듯이 허균의 글쓰기 주요 특징은 인간의 정情을 중시했다. 인간의 심성 수양을 중시했던 당시 성리학적 분위기 속에서 허균은 인간 본연의 정서를 중시하는 문학론을 폈다.

그는 '성리학의 나라' 조선에서 '이단'으로 지목될 위험을 감수하고 불교와 도교 사상에 관심을 보였다. 특히 민중의 이야기에 귀를 기울였다. 이는 민중의 삶에 애정을 가지고 있었기 때문에 가능했다.

방대한 독서로 형성된 허균의 사상과 지식세계는 임진왜란 이후 조선 지식인 지형도 형성에 영향을 미쳤다. 허균은 역모로 처형 당했지만 그의 문집은 조선 후기 지식인들에게 널리 읽혔다. 허균의 공부는 엄청난 양의 지식을 축적하고 분류해서 백과사전식 학문 체계를 만드는 역할을 했다. 이런 점에서 허균을 17세기 새로운 교양인의 탄생을 알리는 첫 인물로 지목할 수 있다.

허균은 명예와 이익을 향한 욕망을 벗고 은거하고픈 마음이 일생 내내 교차했다고 한다. 「압록강을 건너며」, 「진상강에서」, 「수레 위에서」 등의 시에서 '어디로 돌아갈까' 하는 고민이 가득하다.

'이대로 떠나 산방 주인 되면 어떨까/ 내 책 일만 권을 차례대로 꽂아놓고' (-설날 중에서) '어떡하면 만년에 내 마음 지킬까/ 옛사람의 책 읽고 또 읽으리라.' (-읽고 또 읽으리라 중에서) 라는 소망을 가졌던 허균은, 2년 후 역모죄를 쓰고 형장의 이슬로 사라졌다.

사람은 가도 책은 남는다. 몸은 소멸되어도 영혼의 자식인 책은 길이 남아 후세 사람들에게 등불이 된다. 천지에 널려있는 등불(책)을 내 것으로 만들자.

수입의 1%를 책을 사는 데 써라

– 김수환 추기경 (1922~2009)

김수환 추기경은 생전 '수입의 1%를 책을 사는 데 투자하라. 옷이 해지면 입을 수 없어 버리지만, 책은 시간이 지나도 진가를 품고 있다'고 강조했다. 이 말을 실천하기는 어렵고도 쉽다. 머뭇거리면 인생이 지루하고 과감하게 실천하면 새로운 세상이 열린다. 이 한 구절만 기억하고 실천하는 사람들이 많아진다면 김수환 추기경은 기뻐할 것이다.

우리 시대의 정신적 스승 김수환 추기경. 사람들은 그를 '우리 시대의 목자'이자 '시대의 예언자'로 추앙하고 있다. 일반인은 물론 역대 대통령을 비롯한 정치인들도 위기에 부닥칠 때마다 그에게 해법을 묻곤 했다. 자기 자신에게 믿음이 있고 사심이 없으면 용기가 생긴다. 용기는 순간적 충동에서 나오는 것이 아니다. 자기연마와 성숙, 신앙심에서 나온다. 그는 살아 있는 시퍼런 권력에게 직언을 서슴지 않았다. 추기경으로 임명된 지 2년 후인 1971년 12월 24일 자정 미사에서 정부와 여당을 향해 "비상대권을 대통령에게 주는 것이 나라를 위해서 유익한 일입니까?"라고 물었다.

1972년 '10월유신'이 단행되자 "10월유신 같은 초헌법적 철권통치는 우리나라를 큰 불행에 빠뜨릴 것이라고 단언합니다. 정권욕에 눈이 먼 박 대통령 자신도 결국 불행하게 끝날 것입니다."라고 말했다. 직언은 예언이 되었고 예언은 현실이 되었다.

1980년 12월 12일, 쿠데타를 성공시키고 나서 자신을 찾아온 전두환 소장에게 이렇게 말했다. "서부활극을 보는 것 같았습니다. 서부영화를 보면 총을 먼저 빼든 사람이 이기잖아요." 고도로 세련된 직언이었다. 가슴이 있는 자는 알아듣고 주먹만 있는 자는 알아듣지 못할 직언이었다.

김수환 추기경은 일본 유학 시절 만난 스승에게 "자네 가슴 속에는 뜨거운 불덩이가 있네."라는 말을 들었다. 그는 정의에 대한 뜨거운 열망을 지니고 있었다. 그 뜨거움은 용광로가 아니라 온돌이었다. 그는 폭탄을 들고 앞장서는 투사가 아니라 세상을 이끄는 스승이었다. 그는 6·25전쟁 중에 사제가 되었다. 이후 '정의와 평화가 존재하는 나라'를 만들기 위해 불의를 외면하지 않는 실천의 삶을 살았다. 그가 추기경으로 살았던 40여년 중 20년 동안, 민주주의와 인권을 지키기 위해 독재권력의 탄압과 싸웠다. 그는 언제나 그 싸움의 중심에 있었다. 그 결과, 종교 지도자를 넘어 민주주의를 열망하는 사람들의 '진정한 지도자'로서 존경을 받았다.

1968년 서울대교구장에 취임하며 그는 '교회의 높은 담을 헐고 사회 속에 교회를 심어야 한다'며 교회쇄신과 현실참여의 원칙을 분명히 했다. 또한 교회는 가난하고 힘없는 사람들을 위해 종교적인 양심으로 그들의 입장을 대변해야 한다고 주장했다. 교회는 정치적 · 사회적인 권력보다 인간 존엄성의 가치를 근본적인 신념으로 삼아야 한다고 했다. 교회는 절대로 불의와 부정과 타협하는 공동체가 아닌 인간의 양심에 따라 사회정의를 실현해야 한다고 주장했다.

2009년 2월 16일, 87세로 선종(善終-가톨릭에서 죽음을 이르는 말)했다. 생전에 생명 연장만을 위한 어떠한 조치도 취하지 않도록 당부했다. 산소호흡기나 심폐소생술 등의 처치를 받지 않고 생을 마쳤다. 김수환 추기경의 선종은 존엄사 논란에 영향을 미쳤다. 생전에 장기기증 서약도 했다. 이에 따라 선종 직후 안구 적출수술을 받았다. 장례 절차도 '다른 신부와 달리 특별하게 취급하지 말라'는 추기경의 뜻에 따라 간소하게 치러졌다.

– 김수환 추기경 어록

♣ 말을 많이 하면 필요 없는 말이 나온다. 양 귀로 많이 들으며, 입은 세 번 생각하고 열라.

♣ 노점상에서 물건을 살 때 깎지 말라. 그냥 돈을 주면 나태함을 키우지만 부르는 대로 주고 사면 희망과 건강을 선물하는 것이다.

♣ 웃는 연습을 생활화 하라. 웃음은 만병의 예방약이며, 치료약이며 노인을 젊게 하고, 젊은이를 동자로 만든다.

♣ 텔레비전과 많은 시간 동거하지 말라. 술에 취하면 정신을 잃고 마약에 취하면 이성을 잃지만 텔레비전에 취하면 모든 게 마비된 바보가 된다.

♣ 화 내는 사람이 언제나 손해를 본다. 화 내는 사람은 자기를 죽이고 남을 죽이며 아무도 가깝게 오지 않아서 늘 외롭고 쓸쓸하다.

♣ 기도는 녹슨 쇳덩이도 녹이며 천 년 암흑 동굴의 어둠을 없애는 한 줄기 빛이다. 주먹을 불끈 쥐기보다 두 손을 모으고 기도하는 자가 더 강하다. 기도는 자성을 찾게 하며 만생을 유익하게 하는 묘약이다.

♣ 이웃과 등지지 말라. 이웃은 나의 모습을 비추어 보는 거울이다.

♣ 머리와 입으로 하는 사랑에는 향기가 없다. 진정한 사랑은 이해, 관용, 포용, 동화, 자기를 낮춤이 선행된다. 사랑이 머리에서 가슴으로 내려오는데 칠십 년 걸렸다.

♣ 가끔은 칠흑 같은 어두운 방에서 자신을 바라보라. 마음의 눈으로, 마음의 가슴으로, 주인공이 되어, 나는 누구인가? 어디서 왔나? 어디로 가나? 조급함이 사라지고 삶에 대한 여유로움이 생긴다.

어디에 있든지 책과 펜만은 놓지 마라

– 법정 스님 (1932~2010)

법정 스님과 김수환 추기경은 종교간 벽을 허물었다. 법정 스님이 성당에 가서 법문을 하고, 김수환 추기경은 절에 가서 강론을 했다. 그 뒤로 많은 절과 교회와 성당이 따라나섰다. 서로가 예수와 부처의 탄생을 축하하는 인사를 나누었다. 김수환 추기경은 2009년 2월 16일, 법정 스님은 2010년 3월 11일, 1년 정도 시차를 두고 세상을 떠났다. 이들 두 종교 지도자는 종교계를 뛰어넘어 사회 전반에 커다란 가르침을 안겨 주었다.

법정 스님은 '무소유'와 '버리고 떠나기'를 평생토록 보여 준 분이다. '무엇인가를 갖는다는 것은 다른 한편 무엇인가에 얽매인다는 것이다. 필요에 따라 가졌던 것이 도리어 우리를 부자유하게 얽어맨다.'

법정 스님은 어떤 스님한테서 선물 받은 난초 두 뿌리를 정성스레 기른 얘기를 하면서 거기에 일희일비, 노심초사하다가 결국 친구에게 줘버린 뒤 비로소 집착에서 벗어난 얘기를 썼다.

'비로소 나는 얽매임에서 벗어났다. 날듯 홀가분한 해방감. 떠나보냈는데도 서운하고 허전함보다 홀가분한 마음이 앞섰다. 이때부터 나는 하루 한 가지씩 버려야겠다고 다짐했다. 난을 통해 무소유의 의미 같은 걸 터득하게 됐다고나 할까. 크게 버리는 사람만이 크게 얻을 수 있다는 말이 있다. 아무것도 갖지 않을 때 비로소 온 세상을 갖게 된다.'

1976년, 이 글이 포함된 에세이집 『무소유』가 출간됐다. 이 에세이의 제목 『무소유』는 법정 스님의 일부, 법정 스님 그 자체가 됐다. 이 책은 179쇄를 거듭한 우리 시대 최고의 스테디셀러가 되었다. 김수환 추기경이 생전에 이 책을 두고 '아무리 무소유를 말해도 이 책만큼은 소유하고 싶다'고 했다. 법정스님이 전남대 상과대 3학년 1학기를 마치고 출가를 결심한 1955년(24세)부터 10여 년간 사촌동생과 주고받은 미공개 편지글이 책으로 나왔다. 『마음하는 아우야!』가 그것이다.

반세기가 지나 누렇게 색이 바랜 우편봉함엽서와 원고지에 쓴 편지에는 고뇌하는 젊은 수행자의 육성이 생생하게 들어 있다. 이 책에서 눈길을 끄는 것 중의 하나는 동생 박성직에게 구해달라고 하거나 읽어보라고 권유한 책들이다. 20대 청년 박재철(출가하기 전 이름-법정스님의 속명)의 다양한 독서 의욕과 고뇌를 볼 수 있다.

♣《현대문학》9월호가 나왔거든 신자네(고모님 딸) 누님한테서 돈 꾸어서 사 보내 주었으면 쓰겠다. (1955. 8. 12.)

♣ 앞으로도 좋은 책을 많이 읽어라. 이태준 씨의 작품은 모두 훌륭한 것들이다(지금은 북쪽으로 가 계시는 분이다). 이름 있는 작가의 것을 골라서 읽어야 할 것이다. (1957. 10. 7.)

♣ 내 책장에서 읽을 만한 것을 골라서 읽고 잘 보존하여라. 나프탈렌을 넣어두면 좀이 들지 않을 것이다.『원효대사』를 구해서 읽어라. (1958. 5. 13.)

♣ 괴로움을 뚫고 기쁨으로! 라는 베토벤의 철학. 고난 속에서도 훌륭한 음악을 탄생시킨 베토벤! 나의 젊은 날의 스승이여! 책장 속에 로맹 롤랑이 쓴『베토벤의 생애』가 있을 것이다. 아직 안 읽어보았다면 읽어 보아라. (1958. 9. 19.)

♣ 마하트마 간디는 내가 존경하는 인물 가운데 하나다. 너에게도 많은 공감이 있을 것이다. (1959. 5. 1.)

♣ 서울법대에 계신 황산덕 교수께서 지난해 여름부터 나에게《사상계》지를 보내 주고 있다. 거기에서 유달영 선생님과 함께 함석헌 선생님의 글을 감명 깊게 읽을 수 있었다. (1959.10.11)

♣ 어떤 위치에 있든지 책과 펜만은 놓치지 말아라. 책을 항상 가까이 하여라. 어떠한 위치에서나 인간성장을 쉬어선 안 될 것이다.

♣ 인생은 상품거래 같은 장사는 아니다. 얼마의 밑천을 들였기에 얼마를

벌어들여야 한다는 것은, 인간을 생명이 없는 상품으로 오산하고 있는 것이다. 그저 성실하게, 하늘을 우러르고 땅을 내려 봐도 부끄럽지 않게 살아가는 것이 중요하다. (1961. 9. 12.)

♣ 일체의 생활에 진실이면 통한다. 설사 눈앞에 손해볼 일이라 할지라도 진실이면 그만이다. 결코 거짓된 것과 비굴에 타협하지 말아라. 가령 연애에도 진실이 아니면 그건 죄악이다. 무슨 일이고 처음부터 끝까지 진실하여라.

♣ 거짓 없이 너에게 말하마. 형은 금생뿐이 아니고 세세생생 수도승이 되어 생사해탈의 무상도를 이루리라. 고통의 바다에서 헤매는 내 이웃을 건지리다. (1959. 3. 10.)

법정 스님은, '불교의 종교적인 면은 나를 질식케 하지만 철학의 영역은 나를 젊게 하고 있다'라고 고백했다. 수도자로서는 자신에게 가혹하게 철저했다. 법정 스님은 '장례식을 하지 마라. 관棺도 짜지 마라. 평소 입던 무명옷을 입혀라. 내가 살던 강원도 오두막에 대나무로 만든 평상이 있다. 그 위에 내 몸을 올리고 다비해라. 재는 평소 가꾸던 오두막 뜰의 꽃밭에다 뿌려라'라는 유언과, 자신의 이름으로 출판된 모든 책을 출간하지 말라는 유언을 남긴 채 2010년 3월 11일, 세수(세상의 나이) 79세, 법랍(출가한 햇수) 55세로 길상사에서 입적(불교에서 죽음을 일컫는 말)했다.

금수저가 금수저답게 사는 법
– 간송 전형필 (1906~1962)

해방 직후 어느 날, 전형필의 아들 고 전성우(전 간송미술문화재단 이사장 /2018년 4월 6일 별세)가 초등학생 시절, 학교에서 돌아와 보니 집 분위기가 이상했다. 낯선 사람들이 뭔가를 둘러싸고 격론을 벌이며 사진을 찍고 있었다. 1943년에 구입해서 보관 중이던 〈훈민정음 해례본〉이었다. 이 책은 훈민정음의 창제 목적과 자모 글자의 내용, 그리고 관련 해설을 담은 것이다. 구입할 당시는 일제의 한글 말살정책이 강력하게 시행되던 시기라 내놓지 못하고 있다가 해방 후 이를 공개한 것이다.

서울 성북동 골목에 위치한 간송미술관. 우리나라 최초의 근대식 사립박물관으로 한국의 국보를 가장 많이 소장하고 있는 박물관이다. 간송미술관이 세워진 것은 1938년. 간송 전형필에 의해서다. 우리 문화유산을 수집하는 데 헌신했던 그가 찾아낸 최고의 문화유산은 바로 〈훈민정음 해례본〉이다.

간송 전형필의 아버지 전영기는 중추원 의관으로 종로 일대의 상권을 장악하고 있었고 방대한 토지를 소유한 대부호였다. 1929년, 아버지는 와세다대학 3학년에 재학중이던 전형필에게 토지 10만 석의 거대한 재산을 상속했다. 통 큰 아버지에 사려 깊은 아들이었다. 그 재산을 어떻게 사용했을까? 일본의 식민통치하에 있던 당시는 우리의 골동품과 고서화가 마구잡이로 일본으로 밀반출되고 있었다. 우리 문화재가 나라 밖으로 빠져나가는 상황을 두고볼 수 없었던 전형필은 '한남서림'이라는 고서점을 인수했다.

전형필은 민족문화 전통을 단절시키지 않기 위해서는 문화의 결정체인 미술품이 보호되어야 한다는 생각을 했다. 그는 스승인 오세창을 따라다니며 문화재들을 본격적으로 수집하기 시작했다. 전국의 거간꾼과 수장가를 찾아다니며 문화재를 구입했다. 국내 문화재가 일본의 수장가들에게 넘어가는 것을 막기 위해 몇 배에 해당하는 돈을 지불하기도 했다. 이미 일본으로 건너간 문화재 중에서도 되찾아 와야 할 가치가 있다는 판단이 서면 사들였다. 수집한 문화재를 보존하기 위해 1938년 개인박물관인 보화각을 세웠다. 간송미술관의 전신으로 '조선의 보배를 두는 집'이라는 뜻이다. 한남서림으로 들어오는 책 중에서 진서나 희귀본이 있으면 학자들과 함께 살핀 후, 그 가치가 확인되면 보화각에 설치한 '간송문고'로 옮겼다. 〈동국정운〉, 〈동래선생교정북사상절〉 등 소중한 자료들이 이곳에 모아졌다.

1943년 6월, 한남서림에 앉아 있던 간송의 눈에 빠른 걸음으로 서점 앞을 지나는 고서중개인이 보였다. 인사를 나누며 무슨 일이냐 물으니 경상북도 안동에 〈훈민정음 해례본〉이 나타났는데, 책 주인이 1,000원을 부르기에 돈을 구하러 가는 길이라는 것이다. 〈훈민정음 해례본〉은 당시까지 발견되지 않았다. 때는 일본이 한글 사용을 철저히 금하고 있던 시기다. 만약 이 책이 발견됐다는 소식이 조선총독부 귀에 들어가면 어떻게든 손에 넣으려 할 것이 뻔했다. 한 해 전인 1942년 조선어학회 사건이 터져 한글학자들이 모두 잡혀 들어가고, 한글 탄압정책을 펴던 상황이었다. 책 주인이 불렀다는 돈 천 원은 당시 서울의 큰 기와집 한 채 값이었다. 간송은 중개인에게 즉시 1만1천 원을 건네며 책 주인에게 만 원을 전하고, 천 원은 수고비로 받으라 말했다. "훈민정음 같은 보물은 이런 대접을 받아야 한다."고 말했다. 마침내 전형필의 손에 〈훈민정음 해례본〉이 들어왔다. 귀중본을 손에 넣었지만 그는 비밀에 부쳤다. 1945년 광복 후에야 세상에 공개했다.

또다시 위기가 닥쳤다. 1950년 한국전쟁이 발발한 것이다. 전형필은 애써 모아둔 문화재들을 그대로 두고 피난을 가야 했다. 서둘러 떠나야 하는 상황에서 훈민정음은 오동나무 상자에 넣어 챙겨갔다. 혼란스러운 피난길에서도 훈민정음을 지키기 위한 그의 노력은 극진했다. 혹시라도 잃어버릴까 낮에는 품고 다니고 밤에는 베개 삼아 베고 잤다. 한 순간도 몸에서 떼어내지 않았다. 일제 강점기와 6.25 전쟁 속에서도 지켜낸 〈훈민정음 해례본〉은 1962년 국보 제70호로 지정되었다. 1997년에는 유네스코 세계기록유산에 이름을 올렸다.

'금수저'라는 말에는 부정, 비아냥, 질시가 깔려 있다. 일부 재벌 2세, 3세들의 행태가 반사회적이기 때문이다. 잘못 사용되는 금수저는 흙수저만도 못하다. 일제 식민지 시절 조선 최고의 금수저였던 청년 전형필이 택한 것은 문화재 수집이었다. 명품에는 돈을 아끼지 않았다. 시세의 2~3배를 얹어주니 시중에 나온 명품은 자연스레 그에게 흘러왔다. 일본으로 건너가 영국인 개츠비에게 10만 원을 주고 국보급 청자 10점을 사들인 적도 있다. 서울 시내 번듯한 기와집 한 채에 1천 원 하던 시절이었다. 간송은 한 번 사들인 문화재는 내다 팔지 않았다. 나라가 할 일을 대신 해냈다. 1962년 1월 26일 세상을 떠난 그가 남긴 문화재의 경제적 가치는 수천억 원을 넘는다.

전형필은 어릴 적 남부러울 것 없이 자랐다. 성품이 온화하고 학문을 사랑해 책 읽기를 좋아했으며 유년기에 집안 어른들의 총애를 한몸에 받으며 자랐다. 책 읽기, 그림 그리기를 좋아했던 청년 전형필은 일제로부터 우리 문화유산을 지켜냄으로써 자신만의 독립운동을 실천했다. 그는 언젠가 조선이 일제로부터 해방될 것을 확신했다. 우리 문화의 우월성을 증명할 수 있는 위대한 작품들을 지켜내야만 해방 이후 민족정신을 바로 세울 수 있다고 확신했다.

부모로부터 물려받은 막대한 재산을 그림 몇 점, 도자기 몇 점, 낡은 책 몇 권 사는 데 다 써버린 그를 사람들은 비웃었지만 지금 우리는 위대한 우리 문화의 수호자, 문화 독립운동가로 기억한다.

4장
독서는 거인의 어깨에 올라서는 것이다

될 성 부른 나무는 떡잎부터 안다고? 이 속담은 수정되어야 한다. 꼴찌에게 박수를! 한심해 보이는 아이에게 격려와 책을 던져 주자.

승자勝者는 지는 것을 두려워하지 않는다. 패자敗者는 이기는 것도 은근히 염려한다. 승자는 과정을 위하여 살고, 패자는 결과를 위하여 산다. 승자는 순간마다 성취의 만족을 경험하고, 패자는 영원히 성취의 만족을 경험하지 못한다.
승자는 구름 위의 태양을 보고, 패자는 구름 속의 비를 본다. 승자는 넘어지면 일어서는 쾌감을 알고, 패자는 넘어지면 운이 없음을 한탄한다.

—존 F.케네디

책 속에 길이, 천 권의 책 속에 천 개의 길이 있다. 하지만 그 천 개의 길도 오랜 기간에 걸쳐 띄엄띄엄 발견해낸다면 독서는 새로운 지식과 경험을 우리에게 주지 못한다. 책을 읽으려면 목표를 잡고 집중적으로 읽어야 한다. 단기간에 천 개의 길을 발견한 사람의 사고는 말 그대로 끓어오르듯 팽창한다.

미국 전역에 3천 개의 도서관을 지었다

- 앤드루 카네기 (1853~1919)

부자의 대명사 철강왕 카네기, 재산의 복음화를 실천한 사업가 카네기. 그는 3천 개가 넘는 도서관을 건립하는 데 돈을 기부했다. 남을 아무 조건 없이 돕고 베푸는 것을 불교에서는 무주상보시라 한다. 돈과 음식을 주는 것보다 책과 도서관을 주는 것이 최고의 보시가 아닐까 한다. 그의 도움으로 미국의 청소년들은 쾌적한 도서관에서 지식과 지혜의 영양을 섭취하고 있다. 막강한 미국의 힘, 그 힘의 뿌리는 도서관이다. 한국의 재벌들도 막대한 기부를 하고 있지만 도서관을 건립했다는 소식은 듣지 못했다. 조금만 시야를 넓혀 재벌그룹이 도서관 건립에 참여하길 기대한다. 기업의 이름을 붙이든 창업자의 이름을 붙이든 그건 상관없다. 좋은 책이 있는 좋은 도서관이면 된다.

성경에, 부자가 천국에 들어가는 것은 낙타가 바늘구멍으로 들어가는 것만큼 어렵다고 했다. 어렵다고 했지 불가능하다고는 하지 않았다. 카네기 같은 사람이 있기 때문이다.

앤드류 카네기는 1835년 스코틀랜드의 던펌린에서 태어났다. 직조공이었던 그의 아버지는 수동식 직조기를 이용하는 작은 가내 공장을 운영했다. 1847년 증기식 직조기가 도입되면서 하루아침에 생계가 어려워지고 말았다. 급격히 가세가 기울자 카네기는 일찌감치 세상 물정에 눈을 떴다. 어린 나이에도 불구하고 돈을 벌어 가난을 벗어나야겠다고 결심했다.

1848년 카네기 일가는 고향을 떠나 이민선에 몸을 실었다. 미국에 도착해서 친척이 사는 펜실베이니아 주 피츠버그 인근에 정착했다. 당시 13세였던 앤드류는 주급 1달러 20센트를 받고 면직물 공장에서 일했다. 다른 공장으로 자리를 옮긴 뒤에는 운 좋게 공장 주인의 눈에 들어 사무 보조를 담당했다. 학력이라곤 던펌린 시절 초등학교를 다닌 것이 전부였다. 카네기는 남다른 근면과 성실을 발휘하여 상사의 호감을 샀으며, 간혹 찾아오는 행운의 기회를 놓치지 않고 최대한 이용했다.

전신국에 전보 배달원으로 취직하자마자 어깨 너머로 전신 업무를 익혀두었다가, 담당자가 자리를 비운 사이에 능숙하게 업무를 대신해 상사에게 인정받고 정식 전신기사가 되었다. 그는 유년시절부터 독서광이었다. 그가 전보배달을 할 무렵, 제임스 앤더슨 대령이 400권이나 되는 책을 가지고 있었다. 그는 야근이 없는 날을 손꼽아 기다리며 책을 빌려다 읽었다.

1853년 카네기는 전신국의 단골손님인 펜실베이니아 철도회사의 피츠버그 지부장 토머스 스콧에게 스카우트되었다. 스콧은 철도 업무뿐만 아니라 투자에 관해서도 조언해 주었다. 카네기에게 더 큰 기회의 문을 열어준 은인이다. 1856년에는 철도 침대차 사업에 투자해 처음으로 거금을 벌었다. 1859년에 카네기는 스콧의 뒤를 이어 펜실베이니아 철도회사의 피츠버그 지부장으로 승진했다. 1861년에 남북전쟁이 발발하자 카네기는 전쟁부에서 일하던 스콧을 따라 워싱턴으로 향했다. 자기 분야의 경험을 살려 철도와 전신 복구 업무를 담당했다. 그즈음 카네기는 미국 석유산업 초기 산유지로 유명한 타이터스빌의 석유회사에 거금을 투자해서 막대한 이득을 얻었다. 이는 훗날 그가 본격적인 사업을 시작하는 밑천이 되었다.

카네기는 한창 사업 확장에 분주했던 1868년, 나이 33세에 은퇴 계획을 세웠다. 35세에 은퇴하고 생활비 연 5만 달러를 제외한 나머지 수입은 모두 자선사업에 쓰겠다는 계획이었다. 실제로 그의 은퇴는 계획보다 30년이 늦은 1901년에야 이루어졌지만, 지연된 햇수에 걸맞게 자선사업에 쓸 돈은 크게 늘어나 있었다. 당시의 4억 8천만 달러는 현재 가치로 대략 100억 달러가 넘는다. 이후 카네기는 여러 분야의 자선사업을 관장할 기구를 조직했다. 1902년에 카네기협회, 1905년에 카네기 교육진흥재단, 1910년에 카네기 국제평화재단, 1911년에 카네기재단을 설립했다.

제1차 세계대전이 발생한 1914년 카네기는 유명한 『철강왕 카네기 자서전』을 완성했다. 5년 뒤인 1919년 8월 11일에 매사추세츠 주 세도브룩의 자택에서 사망했다. 그가 말년에 보유했던 4억8천만 달러의 재산 가운데 약 4분의 3에 해당하는 3억5천만 달러는 이미 사회에 환원한 후였다. 그의 유해는 뉴욕 주 태리타운의 슬리피 할로 묘지로 옮겨져 매장되었다. 이곳은 그가 좋아했던 미국 작가 워싱턴 어빙의 무덤이 있는 곳이기도 하다. 묘비에는 생전에 그가 좋아하던 문구가 적혀 있었다.

'자기 자신보다 더 우수한 사람을 어떻게 다루어야 하는지 알았던 사람이 여기 누워 있다.'

고전이 된 『철강왕 카네기 자서전』. 카네기가 유년시절부터 자신의 인생을 회상하며 쓴 글을 모은 책이다. 카네기가 부를 쌓고 세계적인 명성을 얻기까지의 과정을 생생하게 들려 주며, 자신의 삶과 사상에 대해 보여 주고 있다. 그가 자선사업가로서 거듭나게 된 배경, 노동자였던 과거를 회상하며 노사문제에 대해 진지하게 임했던 그의 태도와 부의 축적 과정뿐만 아니라 한 인간의 진솔한 면을 살펴볼 수 있다.

부와 명예를 얻고자 야망을 가진 청춘들은 『철강왕 카네기 자서전』을 읽어보시기를 권한다. 카네기만큼 성취할 수 없을지라도 만족한 삶에 다가갈 수 있다.

문제아였던 아이를 천재로 이끈 독서
– 알베르트 아인슈타인 (1879~1955)

천재는 선천적으로 태어나는 것인가, 후천적 노력으로 천재가 되는 것인가? 천재의 대명사 아인슈타인을 떠올리면 그런 생각이 든다. 그의 이력을 살펴보면 판단이 설 것이다. 학교생활만을 보면 평범한 우리도 힘이 난다. 그도 별 것 아니었다.

'이 아이는 나쁜 기억력, 불성실한 태도 등을 볼 때, 앞으로 어떤 일을 해도 성공할 수 없을 것으로 판단됨.'

담임교사가 적은 아인슈타인의 학교생활기록부 내용이다. 최대한 완곡하게 표현했지만 악담이다. 아인슈타인은 교사의 평가처럼 학교생활에 적응하지 못해 고등학교를 자퇴했다. 그 때문에 독일의 대학 대신 입학이 쉬운 스위스에 있는 대학에 진학했다. 대학생활도 그저 그랬다. 박사학위는 중도에 포기했다.

청소년기를 찌질하게 보낸 아인슈타인이지만, 지금은 천재, 위인으로 평가 받고 있다. 그는 '상대성 이론'을 창안했고, 그것으로 인류의 세계관에 새로운 지평을 열었다. 인류가 불변의 진리라 여겼던 우주는 관찰자의 관점에 따라 '상대적'으로 달라진다는 새로운 사실을 알게 되었다.

아인슈타인이 이러한 업적을 쌓을 수 있었던 것은 인문고전 독서가 중요한 역할을 했다. 그는 17세 때 사람들 앞에서, '나는 평생 술 대신 인문학에 취하겠다'고 선포했다. 이처럼 독서를 통해 남들이 깨닫지 못한 우주의 원리를 이해할 수 있었기 때문에, '성공할 수 없을 것'이라던 그가 오늘날 천재 물리학자로 추앙 받고 있다.

아인슈타인은 독일의 유대인 집안에서 태어났다. 아버지는 조그마한 전기화학제품 공장을 운영했고, 어머니는 음악적 소양이 풍부한 교양인이었다. 아인슈타인은 세 살이 되도록 말을 하지 못했다. 초등학교 때는 저능아로 불렸고, 중학생 때는 산만한 수업 태도로 문제아 취급을 당했다.

그러나 그의 어머니는 절망하지 않았다. 그녀는 아들에게 "너는 너만의 특별한 능력이 있단다."라는 말로 격려했다. 고전문학 낭독을 즐기는 아버지도 책을 읽어 주며 어린 아들을 위해 애를 썼다. 그러면서 아인슈타인의 부모는 아들을 위해 막스 탈무드라는 의대생을 집으로 불러 아들의 멘토 역할을 부탁했다.

밝은 성격을 지닌 막스 탈무드가 일주일에 한 번씩 어린 아인슈타인을 만나면서 둘은 금세 친해졌다. 그러면서 막스 탈무드는 아인슈타인이 지닌 잠재력을 발견했다. 모든 면에서 부진해 보였지만 아인슈타인이 책읽기를 좋아한다는 것을 알게 되었다.

특별한 면이 없는 아인슈타인이었지만, 인문고전 독서에 큰 관심을 보였다. 이러한 면을 알게 된 막스 탈무드는 13세의 아인슈타인에게 유클리드의 『기하학』을 읽게 했다. 그리고는 기하학에 대해 함께 토론을 했다. 14세 때에는 칸트의 『순수이성비판』을 읽게 하고 칸트 철학에 대해서 많은 이야기를 나누었다.

중학생 나이에 고전을 읽고 새로운 세계에 눈을 뜬 아인슈타인은 자신의 내면에서 변화를 깨닫기 시작했다. 새로운 세계를 경험한 아인슈타인은 독서로 자신의 인생을 바꾸기로 마음먹었다.

아인슈타인은 10대 시절을 서양철학 고전을 독파하며 보냈다. 대학생이 되어서도 전공보다는 철학 고전 강의를 즐겨 들었다. 그 때문인지 부진한 학점과 겨우 통과된 졸업 논문 등으로 대학 조교 자리도 얻지 못했다. 친구 아버지가 알선해 준 직장에 겨우 들어갔다. 그런데 거기서 직장 상사로부터 우연히 아리스토텔레스 『논리학』에 근거한 사고 훈련을 받게 되었다.

이에 자극이 된 아인슈타인은 퇴근한 뒤에는 자신이 직접 고전 독서 모임을 주선했다. 독서 모임을 〈올림피아 아카데미〉로 이름 짓고 회원들과 독서와 토론에 열중했다. 이 모임에서는 플라톤의 『대화편』, 데이비드 흄의 『인간본성론』, 존 스튜어트 밀의 『논리학 체계』, 앙리 푸앵카레의 『과학과 가설』 같은 책들을 읽고 토론했다. 책의 중요한 부분에 이르면 한 문장이나 한 주제를 가지고 며칠씩 토론했다.

먹고살기 위해 여러 일자리를 전전했지만, 그러는 과정에서도 책 읽기를 게을리하지 않았다. 그러한 독서 이력이 바탕이 되어, 그의 나이 25세 때, '특수상대성 이론'에 관한 논문을 발표하여 노벨 물리학상을 받았다. 그때 아인슈타인의 직업은 교수가 아니라 특허사무소의 말단 직원이었다.

오랜 세월 인문고전으로 독서능력을 기른 아인슈타인은 나이가 들자 자신만의 독특한 독서 방법으로 책을 읽었다. 훗날 자신의 독서법에 대해서 그는, '책의 뼈대를 확실하게 파악하고 가죽은 벗겨 버렸다'라고 표현했다. 그는 여러 권의 책을 읽고 필요한 부분을 취하는 독서 방법을 택했다. 지극히 평범한 삶을 살았던 아인슈타인이 오로지 머릿속에서 사고실험으로만 우주의 진리에 다가갈 수 있었던 데에는, 어린 시절부터 그의 재능을 북돋아 주었던 독서가 있었다.

될 성 부른 나무는 떡잎부터 안다고? 이 속담은 수정되어야 한다. 꼴찌에게 박수를! 한심해 보이는 아이에게 격려와 책을 던져 주자.

중국 공산당의 아버지

- 마오쩌둥毛澤東 (1893~1976)

중국은 우리에게 무엇인가? 역사적으로 복잡하게 얽혀 있으며, 한반도의 운명과 뗄 수 없는 존재다. 공자, 맹자의 나라, 임진왜란에는 원군을 보내 주었고 병자호란 때는 조선의 국왕을 꿇어 앉혔다. 6.25전쟁 중에는 중공군의 위력을 보여 주었으며, 분단의 핵심 세력이었다. 개혁 개방 이후에는 한국관광객이 중국으로 몰려갔고 이후 중국 관광객이 인해전술로 밀려왔다. 적과 친구 관계를 넘나든 나라가 중국이다. 천안문 광장엔 마오쩌둥의 대형 초상화가 걸려 있다.

중국인들에게 마오쩌둥은 분열되어 힘을 잃었던 중국을 다시 통합하여 강대국으로 일으켜 세운 지도자로 인식하고 있다. 국공 내전에서 승리하여 분열된 중국을 통합하여 국제사회의 강대국으로 회복시켰다는 것이다. 대약진이나 문화대혁명 등의 흑역사에 대해 중국인들은 공7 과3으로 공이 더 많은 인물이라고 평한다. 마오는 중국 공산당에게 아버지 같은 존재다. 모택동을 비판하는 것은 중국 공산당에 대한 비판이자 중국 공산당 정부에 대한 비판이 된다.

마오는 1893년 12월 26일, 중국 후난(湖南) 성 창사(長沙) 남서쪽 사오산(韶山) 마을의 농가에서 태어났다. 마오의 형제는 7명이었다. 이 중 아들 셋만 살아남았다. 마오는 살아남은 삼형제 중 맏이였다. 여덟 살 때 마을 서당에 입학해 글을 배웠다. 당시 중국의 모든 농촌에서 그랬듯이 농사일도 했다. 서당에서 5년간 유학을 배운 마오는 열세 살 되던 1907년, 이웃 마을 뤄(羅) 씨 가문의 여인과 결혼했다. 마오 부부는 2~3년 동안 함께 농사를 지었으나 아내는 스물한 살에 죽고 말았다.

마오는 1910년 집을 떠나 인근에 있는 샹탄(湘潭)이란 도시에서 임시직으로 일을 시작했다. 일을 하면서 한 법학도와 중국학자로부터 가르침을 받았다. 이무렵 마오는 다양한 독서를 했다. 이때 읽은 책 중 하나가 제국주의의 식민 지배를 다룬 『중국의 분할』이다. 1910년 샹탄 가까이에 있는 샹샹(湘鄉)중학교에 입학한 마오는 본격적으로 세계정세를 공부했다. 마오는 자신이 샹샹중학교를 선택한 이유는 '급진적이고 서양의 신지식을 강조하고 있기 때문'이라고 했다. 세계에 대한 관심과 지식에 대한 열정이 불붙기 시작한 마오는 상탄으로 온 지 불과 몇 달 만에 성도인 창사로 가 창사의 한 학교에 입학했다. 그곳에서 마오는 청 황실에 반대하며 혁명당을 조직한 쑨원에 대해 알게 되었고, 그에 관한 글이라면 무엇이든 닥치는 대로 읽었다.

1912년 2월 청조가 멸망했다. 마오는 1913년 가을 창사사범학교에 입학할 때까지 창사의 공공 도서관에 틀어박혀 엄청난 양의 독서를 했다. 훗날 마오는 이때 세계 지리와 세계사를 집중적으로 공부했다. 이 시기에 마오는 처음으로 서구의 정치 이론을 진지하게 학습했다. 그 무렵 그가 읽은 책으로 애덤 스미스의 『국부론』, 다윈의 『진화론』, 허버트 스펜서의 『논리학』 등이다. 그 밖에 존 스튜어트 밀, 루소, 몽테스키외 등도 스무 살 마오가 읽은 책이었다.

창사사범학교에서 마오는 그의 인생에 가장 큰 영향을 미친 스승인 교사 양창지(楊昌濟)를 만났다. 마오는 양창지에게 사회과학 전반에 대한 폭넓은 지식을 배웠다. 1918년 창사사범학교를 졸업한 마오는 양창지가 베이징대 교수가 되자 그의 도움을 받아 베이징대학교 도서관 사서 보조로 일했다. 사서 보조로 일하는 동안 사서 리다자오로부터 많은 영향을 받았다. 리다자오는 베이징대학 교수들과 만든 잡지 《신청년》에 세계 각국의 정치 정세에 대한 글을 싣고 있었다. 마오는 《신청년》 1918년 10월호에 실린 리다자오의 글 「볼셰비즘의 승리」라는 글을 읽고 볼셰비키 혁명(1917년) 이후 소련에 들어선

혁명적인 새 질서에 대해 알게 되었다. 리다자오는 당시 중국에서도 가장 선진적인 사상이라 할 수 있는 볼셰비즘을 소개하면서 정기적으로 혁명 이론을 토론하는 〈마르크스주의 연구회〉를 결성했다. 물론 마오는 이 연구회는 물론 베이징의 지식인 그룹에 끼지 못했다. '나는 정치와 문화를 주제로 그들과 대화를 나누고 싶었지만 그들은 워낙 바빴다. 그들은 남부 사투리를 쓰는 사서 보조원의 말을 한가롭게 들어 줄 여유가 없었다'라고 회고했다.

마오쩌둥은 대장정大長征 때도 책을 품고 다녔다. 1947년 연안에서 철수할 때 그동안 읽었던 책을 단 한 권도 빼놓지 않고 베이징으로 옮겼다. '사흘 동안 책을 읽지 않으면 류사오치(劉少奇)를 따라갈 수 없다'는 말에 류사오치는 '하루라도 책을 놓으면 마오에게 뒤처진다'며 서로 독서를 격려했다.

마오가 사망하기 직전인 1976년 4월 천안문사건天安門事件이 일어났다. 중국의 영웅이자 독재자 마오쩌둥은 완전히 고립된 채 죽음을 맞이했다. 그는 중국의 독립과 주권을 회복하고, 중국을 통일하여 외세에 의해 국토를 유린당한 중국인들의 굴욕감을 씻어 주었다. 관료제도를 견제하고 대중의 정치참여를 유지하여, 중국의 자립을 달성한 것은 긍정적으로 평가된다. 하지만 개혁 정책인 대약진 운동은 실패로 끝난 잘못된 정책이었다고 평가된다. 1981년 덩샤오핑이 정권을 잡은 중국 정부에서는 마오쩌둥의 문화대혁명은 내란이었다고 공식 입장을 밝혔다.

마오가 독재자로 비난 받지 않고 혁명가, 사상가, 현대 중국의 아버지로 추앙되는 이유는 끊임없는 독서, 왕성한 독서가 있었기 때문이다.

잠들기 전 30분, 책 한 권을 읽었다
– 존 F. 케네디 (1917~1963)

기나긴 세계 역사에서 단지 몇 세대만이 세계가 최대의 위험에 처한 시각에 자유를 수호할 역할을 부여 받았습니다. 나는 이 책임을 회피하지 않습니다. 오히려 환영합니다. 나는 우리들 가운데 누구도 어떤 다른 국민이나 어떤 다른 세대와 자리를 바꾸고 싶어하리라고는 믿지 않습니다. 이 노력을 위해 우리가 쏟는 정력과 신념과 헌신은 조국과 조국에 봉사하는 모든 이들의 앞길을 밝혀 줄 것입니다. 그리고 그 불빛은 진실로 세계를 밝힐 수 있습니다.

그렇기에 국민 여러분, 조국이 여러분을 위해 무엇을 할 수 있는가를 묻지 말고, 여러분이 조국을 위해 무엇을 할 수 있는가를 물으십시오.

세계 시민 여러분, 미국이 여러분을 위해 무엇을 해 줄 것인가를 묻지 말고, 우리들이 서로 힘을 합해 인간의 자유를 위해 무엇을 할 수 있는가를 물으십시오. 마지막으로, 여러분이 미국 국민이건 세계 시민이건 간에 여기 있는 우리에게 우리가 여러분에게 요청하는 것과 똑같이 높은 수준의 힘과 희생을 요청하십시오. 거리낌 없는 양심을 유일하고 확실한 보상으로 삼고, 역사를 우리 행위의 궁극적 심판자로 삼고 하나님의 축복과 도움을 청하면서 그렇지만 하나님이 하시는 일이 틀림없이 여기 지상에서 진실로 우리 자신의 일이 된다는 것을 알고서 우리가 사랑하는 대지를 이끌어 나아갑시다.

In the long history of the world, only a few generations have been granted the role of defending freedom in its hour of maximum danger. I do not shrink from this responsibility. I welcome it. I do not believe that any of us would exchange places with any other people or any other generation. The energy, the faith, the devotion which we bring to this endeavor will light our country and all who serve it--and the glow from that fire can truly light the world.

And so, my fellow Americans, ask not what your country can do for you, ask what you can do for your country.

My fellow citizens of the world, ask not what America will do for you, but what together we can do for the freedom of man.

Finally, whether you are citizens of America or citizens of the world, ask of us here the same high standards of strength and sacrifice which we ask of you. With a good conscience our only sure reward, with history the final judge of our deeds, let us go forth to lead the land we love, asking His blessing and His help, but knowing that here on earth God's work must truly be our own.

– 출처: 주한 미국대사관 사이트

케네디가의 역사는 미국 성공담의 대표적 예이다. 이들은 처음부터 명문가는 아니었다. 아일랜드에서 먹고살 수 없어 신대륙 미국 보스턴으로 건너가 술통을 만드는 하급 일에 종사했다. 그런 케네디 가문이 2대에 이르러 경제계에 두각을 나타내고, 3대에는 부를 축척하고, 4대에는 대통령을 배출했다.

이것은 케네디가의 독특한 교육법이 있었기 때문에 가능했다. 돌아가신 선친에게 배운 '첫째가 되라, 둘째는 패자다'라는 가훈을 아이들에게 가르쳐 강렬한 경쟁의식을 심어 주었다. 또한 할머니의 육아 방법 그대로 모유를 먹이고 잘못했을 때는 엄하게 가르쳤다. 부유했음에도 스스로 학비를 벌어 학교에 다니도록 엄격하게 교육했다. 그 중 케네디가의 독특한 육아법은 색인 카드를 통하여 계통적이고 조직적으로 아이들을 길렀다. 지적인 게임으로 아이들에게 지력을 길러 주는 훈련을 쌓게 했다. 보수적이고 전통적인 가정교육이 케네디가를 명문으로 만든 힘의 원천이다.

케네디가 형제들이 정치인으로서의 자질을 갖게 된 것은 집안 식탁에서 길러졌다. 어머니 로즈는 자식들에게 뉴욕타임스를 비롯한 주요 신문, 잡지에서 토론 주제가 될 만한 중요한 기사를 읽게 하고 식사 시간을 토론의 장으로 이끌었다. 의견을 주고받는 사이에 토론의 기술은 물론이거니와, 상대 의견을 경청하고 자기 의견을 펼치면서 자연스럽게 민주 정치의 기본을 몸에 익혔다. 아버지가 만난 유명 인사들이나 사업에 관한 이야기도 식탁의 단골 메뉴였다. 아버지의 이야기를 통해 자녀들은 넓은 세상에 관한, 아니 미국을 이끌어가는 주류 사회와 리더십에 관한 식견을 키울 수 있었다.

케네디 대통령은 잠들기 전 30분에 책 한 권을 읽는 다독가이자 속독가였다. 1961년 라이프誌에는 '케네디의 애독서 10선'이 실렸다. 이언 플레밍의 '007 시리즈'는 이 목록 덕분에 베스트셀러가 되었다. 이후 미국에서는 매년 여름 휴가철이면 대통령의 여름휴가 가방에 들어가는 도서목록을 공개하는 것이 관례가 됐다.

2년 남짓한 대통령 생활, 1963년 11월 22일 존 F.케네디가 유세지인 텍사스주 댈러스에서 자동차 퍼레이드 도중에 저격범의 총탄을 맞고 사망했다. 굵고 짧은 인생이었다. 미국 워싱턴 월링턴 국립묘지는 관광객으로 늘 붐빈다. 그 중 케네디 묘지가 가장 인기다. 그의 묘지에는 그의 삶처럼 꺼지지 않는 불이 있다.

케네디 대통령이 진행하던 인종차별 반대 정책, 빈민구제 정책 등은 부통령인 린든 존슨이 대통령이 되면서 고스란히 시행되었다. 제3차 세계대전을 촉발할 수 있었던 쿠바 미사일 위기도 당시 국방장관이던 로버트 맥나마라, 공군 사령관이던 커티스 르메이 장군 등을 잘 다독여가며 해결했다. 그 결과 핵무기를 점진적으로 줄여나가면서 냉전이 끝나게 되는 계기를 마련했다. 한국 등 가난한 나라들이 쿠바처럼 공산화 되지 않도록 '평화봉사단'을 만들어 지원해 주기도 했다.

그는 제2차 세계대전 당시 몸이 좋지 않아서 면제를 받을 수 있었다. 그의 형인 조지프 케네디가 해군 항공대에서 근무하고 있었기 때문에 군대를 안 가도 되었지만 해군에 입대했다. 솔로몬 해전 당시 일본 구축함 아마기리에 의해 자신이 지휘하던 어뢰정 PT-109가 격침되었을 때 크게 다친 부하를 구해내서 존경을 받았다. 상원의원 선거에 입후보했을 때에는 아마기리의 함장이었던 하나미 고헤이 씨가 케네디 후보의 용맹함을 찬양하는 편지까지 보내와서 그의 인기를 더욱 높게 해 주었다.

케네디가 남긴 말은 지금도 우리에게 용기를 준다.

'승자勝者는 지는 것을 두려워하지 않는다. 패자敗者는 이기는 것도 은근히 염려한다. 승자는 과정을 위하여 살고, 패자는 결과를 위하여 산다. 승자는 순간마다 성취의 만족을 경험하고, 패자는 영원히 성취의 만족을 경험하지 못한다. 승자는 구름 위의 태양을 보고, 패자는 구름 속의 비를 본다. 승자는 넘어지면 일어서는 쾌감을 알고, 패자는 넘어지면 운이 없음을 한탄한다.'

독서는 거인의 어깨에 올라서는 것이다
– 아이작 뉴턴 (1642~1727)

인류 역사의 물줄기를 바꿔놓은 세 개의 사과. 이브의 사과, 뉴턴의 사과, 세잔느의 사과다.

1665년 어느 가을날 저녁, 뉴턴은 사과나무 아래에서 달을 보며 사색에 잠겨 있었다. 바로 그때 사과 한 개가 떨어졌다. 뉴턴은 떨어진 사과를 쳐다보며, 받쳐 주는 것이 없으면 모든 물체는 떨어지기 마련인데, 왜 달은 떨어지지 않을까 하고 곰곰이 생각했다. 그 순간 문득 사과나 달 모두 지구 인력의 영향 하에 있지만, 달은 돌고 있기에 떨어지지 않을 거라는 생각이 스쳐갔다. 사과와 달에 동일한 법칙이 적용될 수 있다는 생각이 떠올랐다. 그렇다면 태양의 모든 행성들에도 마찬가지로 동일한 법칙이 적용될 수 있지 않을까? 이들 모두에 보편적으로 적용되는 자연 법칙이 존재하지 않을까?

17세기 근대 과학 혁명을 완결한 과학자로 평가 받는 뉴턴은 우주와 자연현상을 수학적 언어로 해석해냄으로써 근대 과학에서의 합리적 분석의 전형을 창출했다. 뉴턴적 세계관은 300여 년 동안 과학은 물론 철학, 사회, 문화, 그리고 사람들의 세계관에 막대한 영향을 끼쳤다.

'내가 남들보다 멀리 본 게 있다면, 그것은 단지 내가 거인의 어깨 위에 올라서 있었기 때문이다.' 여기서 말하는 거인은 선대의 학자들을 의미한다. 선대의 지식을 독서를 통해서 습득했다는 말이다.

뉴턴은 유아 때 아버지가 돌아가시고 3살 때 엄마는 재혼을 했다. 부모가 모두 자신의 곁을 떠났다는 사실에 커다란 상실감과 슬픔에 빠졌다. 이후 7년만에 다시 돌아온 엄마는 이복동생 3명을 데리고 왔다. 뉴턴은 내성적이며 우울한 성격으로 어릴 때의 이런 상처가 영향을 주었다고 한다. 뉴턴은 혼자만의 시간을 좋아하고 상상에 빠지는 습관을 갖게 되었으며, 책을 좋아하게 되었다.

뉴턴은 13살 때 집을 떠나 학교에 갔다. 학교 도서관을 밤낮으로 드나들었다.

'나에게 책은 언제나 내 곁에 머물러 주는 사려 깊고 조용한 친구였어요.'

그는 책을 읽는 데 그치지 않고, 책에 나온 내용을 실험으로 확인해보거나 실생활에 응용했다. 책에서 얻은 다양한 지식을 직접 확인하고, 상상했던 것을 만들어내며 과학과 수학 분야에서 위대한 업적을 세우는 데 밑거름이 되었다. 그는 호기심과 상상력 뿐만 아니라 끈기와 의지도 대단했다.

뉴턴 옆에는 뉴턴을 아끼는 조력자 두 사람이 있었다. 킹스 스쿨 교장과 외삼촌이다. 두 사람 덕분에 뉴턴은 대학교에 갈 수 있었다.

뉴턴은 케임브리지 대학에 입학했다. 엄마는 최소의 학비만 지원했다. 그래서 뉴턴은 근로 장학생으로 생활비를 벌어야 했다. 공부를 포기하고 고향으로 가고 싶은 마음이 들 때마다 그를 버티게 해준 힘은 '새로운 지식이 주는 즐거움'이었다. 대학 생활을 하며 아리스토텔레스, 플라톤, 코페르니쿠스 등의 철학자들 책을 읽으면서 새로운 자연법칙에 눈을 떴다. 그는 노트에 자기 생각을 적어두는 습관이 있었다. 지금 남아 있는 것만 5,000여 장에 이른다.

페스트가 퍼져 학업을 잠시 중단하고 고향으로 돌아간 뉴턴은 이런 글을 남겼다.

'페스트가 영국을 휩쓸었던 1665년부터 1666년까지 내 머리는 온

통 새로운 생각들로 가득차 있었다. 그 시절이 내 창조의 절정기였고 어느 때보다 더 철저하게 수학과 자연 철학에 전념할 수 있었다.'

뉴턴의 위대한 업적 중 많은 부분이 이 시기에 싹텄다. 여기서 그 유명한 '만유인력의 법칙'이 나온다.

그가 새로운 주제에 대해 연구할 때는 다음과 같은 방법을 사용했다. 주제에 대한 폭넓은 독서를 통해 문제 파악, 기존의 연구 결과 보기, 노트에 중요한 항목 작성, 그후에 각 항목에 연관된 내용을 추가로 자세히 기록, 읽은 책 내용에 의문 갖기다.

뉴턴은 어떠한 이론도 그냥 받아들이지 않았다. 책의 내용에 대해 다시 생각하고 실험을 했다. 합리적인 의심, 실험의 과정이 있었기에 뉴턴은 새로운 지식에 한 걸음 더 다가갈 수 있었다. 이러한 왕성한 호기심과 실험정신은 『광학』이라는 역작을 남겼다. 이렇게 노력과 빛나는 재능이 더해져 반사 망원경을 만드는 업적도 남겼다.

뉴턴은 선배 과학자들이 거인의 역할을 해 주었기 때문에 자신은 편안하게 그 위에서 연구를 발전시킬 수 있었다고 자신을 낮추었다. 하지만 자연 과학 분야의 돋보이는 '거인'이었던 뉴턴은 무한한 상상력과 지칠 줄 모르는 실험 정신, 진리를 향한 끊임없는 노력이 있었다.

♣ 굳은 인내와 노력을 하지 않는 천재는 이 세상에서 있었던 적이 없다.

♣ 나는 진리의 대해大海를 앞에 둔 바닷가에서 한 개의 조개를 주운 것에 불과하다.

♣ 내가 가치 있는 발견을 했다면, 다른 능력보다 참을성 있게 관찰한 덕분이다.

34년 동안 도서관에서 보냈다

– 카를 마르크스 (1818~1883)

세상에서 가장 어렵고 위대한 일 세 가지를 꼽으라면, 종교의 창조, 예술 장르의 창조, 사상의 창조가 아닐까 한다. 이것들은 위대하기도 하지만 위험하기도 하다. 위험은 숨기고 위대함을 내세운 수많은 사이비 종교, 사이비 사상이 태어나고 있다. 마르크스는 위대하고 위험한 새로운 사상을 창조했다.

마르크스는 평생에 걸쳐 가장 좋아하는 일이 '책 속에 파묻히기'라고 했다. 그에게 독서는 존재 이유, 그 자체였다. 그는 세상의 모든 지식을 비판적으로 회의하고, 책 속에서 새로운 지식을 끊임없이 갈망한 욕심 많은 독서가였다.

인류사의 대변혁을 몰고 온 세 가지 이론은, 코페르니쿠스의 '지동설', 다윈의 '진화론', 마르크스의 '사회주의 이론'을 꼽는다. 마르크스 사회주의 이론은 20세기를 강타한 폭풍이었다. 그의 의도와는 상관없이 엉뚱하게 그의 이론을 무기로 삼아 전쟁, 학살이 이루어졌다. 노벨의 의도와 달리 다이너마이트를 살상용으로 사용한 것처럼. 결과의 참혹함을 깨닫고 노벨상을 만들었다. 성공, 실패를 떠나 마르크스의 이론은 살아 있다. 시장 만능의 신자유주의가 빈부 격차를 심화시키고 인간의 삶이 자본(돈)에 의해 소외 당하자, 사회주의가 추구하려 했던 인간의 자유와 행복에 다시 주목하고 있다.

마르크스는 사회주의 이론을 만들었지만, 정치를 통해 이를 실천하려 한 혁명가는 아니었다. 평생 가난과 고독의 굴레에 갇힌 채 책에만 묻혀 살았다. 그는 단벌옷을 전당포에 잡혀 외출을 못할 정도로 빈곤했다. 사회와 단절된 채 오로지 도서관에 묻혀 세상의 모든 책을 읽고자 했다. 그는 책에서 읽은 이론과 사상들을 재구성하여 행복한 세상으로 바꾸려고 노력한 철학자, 사색가였다.

마르크스는 독일 트리어에서 부유한 변호사의 아들로 태어났다. 17세 때 고교를 졸업했고, 같은 해에 본 대학에 입학했다. 그는 대학 시절 술집에 들락거리며 패싸움을 벌이기도 했다. 방탕한 생활을 하다가 대학 안에 있는 학생 감옥에 갇히기도 했다. 그런 생활 중에도 괴테와 하이네, 호메로스와 셰익스피어, 생시몽 등의 책을 읽었다.

대학에서는 헤겔의 『논리학』, 『법철학 강요』 등에 빠져들었다.

그 후, 베를린 대학으로 옮겨 집안의 기대와 달리 법학보다 철학에 몰두했다. 고대 그리스 철학 연구로 예나 대학에서 박사학위를 받았다. 마르크스가 독서와 사색에만 전념하자, 그의 아버지는 눈을 감기 직전까지 아들이 철학 중독자가 되어 사회생활과 단절되는 것을 걱정했다. 이 시절에는 케네의 『경제표』, 리카아도의 『경제학 및 과세의 원리』, 아담 스미스의 『국부론』 등의 경제학 독서에 몰두했다.

그는 대학 졸업 후 1842년에 《라인 신문》 편집장이 되었다. 그때부터 마르크스는 사회문제에 본격적인 관심을 가졌다. 《라인 신문》은 라인 지방의 신흥 부자가 발행하는 신문이었다. 마르크스는 신문을 통해 귀족들의 특권을 비판했다. 그 논조가 너무 신랄했기 때문에 결국 발행 6개월만에 신문은 폐간되고 마르크스에 대한 체포령이 내려졌다. 마르크스는 파리로 망명했다. 프랑스는 1789년의 대혁명과 산업혁명이 진행되면서 자본가와 노동자의 투쟁이 격화되고 있었다. 이때 마르크스는 독일의 망명자들이 발행하는 신문에 노동자를 옹호하는 글을 싣기 시작했다.

이 무렵 그는 결혼했다. 신혼여행에 수십 권의 책을 싸들고 갔다. 가져간 책 중에는 루소의 『에밀』과 『민약론』, 마키아벨리의 『군주론』 등이 있었다. 하지만 프랑스 정부는 노동자들을 선동하는 그를 추방했다. 브뤼셀로 이주한 마르크스는 1848년 독일에서 혁명이 일어나

자 독일로 돌아왔다. 혁명을 지지하는 활동을 하며, 엥겔스와 함께 '공산당 선언'을 발표했다. 그러나 혁명이 실패하자 다시 추방령이 내려졌다. 마르크스는 어쩔 수 없이 영국 런던으로 건너갔다. 이후, 마르크스는 다시는 독일로 돌아오지 못했다. 그때, 마르크스의 나이 서른이 넘었다.

영국에서 마르크스는 자신이 꿈에 그리던 새로운 신천지를 만났다. 그 신천지는 바로 대영박물관 안의 도서관이었다. 책을 포함한 모든 자료 이용이 무료였다. 도서관은 책을 좋아하는 마르크스에게 지상 낙원이었다. 그는 그곳에서 책을 읽거나 집필을 하면서 무려 34년을 보냈다. 영국박물관 도서관에 비치된 모든 책을 읽고자 했다. 그곳에서 그의 역작인『자본론』이 탄생했다.

『자본론』은 총 2,500쪽에 달하는 방대한 분량이다. 초기 산업사회의 암울한 사회상을 묘사했고, 날카로운 경제 이론과 깊이 있는 철학적 사고를 담고 있다. 마르크스는 무려 20년이나 걸려『자본론』을 집필했지만, 1867년에 출간된 1권을 제외한 나머지는 그의 생전에 세상에 나오지도 못했다. 마르크스의 유일한 친구인 엥겔스가 그의 집필을 이어받아 2권(1885년)과 3권(1894년)을 출간했다. 4권은 1910년에 출간되었다.

2018년 5월 5일, 카를 마르크스가 탄생한 지 200주년이다. 그의 사상과 철학이 지구촌 절반을 뒤덮었지만 우리 사회에선 여전히 그에 대한 오해와 두려움, 냉대의 시선이 있다. 한국 사회에서 그는 여전히 '불온시' 되고 있다. 위대한 철학자, 경제학자, 사회학자인 마르크스가 북한 체제 유지의 이념적 숙주로 이용되고, 역대 독재정권에선 그와 그의 저서들을 금기어로 봉인한 탓이다.

인쇄공 할아버지가 남긴 위대한 유산
– 움베르토 에코 (1932~2016)

움베르토 에코는 기호학記號學의 세계적 권위자이다. 기호학의 사전적 의미는, '기호를 지배하는 법칙과 기호 사이의 관계를 규명하고, 기호를 통해 의미를 생산하고 해석하며 공유하는 행위와 그 정신적인 과정을 연구하는 학문'이다. 우리가 쓰는 언어 문자, 그리고 상형 문자, 거리의 표지판, 간판, 지도의 약호, 점자 등이 모두 기호이다. 기호학은 기호작용에 관한 학문이다. 기호작용이란, 인간들이 문자를 포함한 어떤 상징으로써 자기의 생각을 표현하고, 다른 사람의 생각을 읽으며, 서로 의사를 소통하는 것을 말한다.

움베르토 에코는 모국어인 이탈리아어를 비롯하여 영어, 프랑스어, 독일어, 라틴어, 그리스어, 러시아어 등을 통달한 언어의 천재다. 그의 학문 영역도 기호학과 철학, 역사학, 미학, 언어학 등 다방면에 걸쳐 있다. 에코를 가리켜 레오나르도 다빈치 이래 최고의 르네상스적 인물이라고도 한다.

이러한 에코의 지적 원천은 인쇄공이었던 그의 할아버지가 모아두었던 200여 권의 낡은 고전서적이었다. 할아버지의 뜻에 따라 어린 손자 에코는 이 책들을 읽으며 성장했다. 인쇄공 할아버지의 책은 위대한 유산이었다. 요즘 할아버지들의 고민은 손자, 손녀들에게 줄 용돈이 고민이다. 할아버지의 재력, 엄마의 정보력이 입시의 관건이라는 얘기까지 있다. 용돈을 고민하지 말고 읽을 책을 고민하는 할아버지가 되어야 한다.

그는 어린 시절 책을 좋아했지만 마음 놓고 사서 읽을 수 없는 가난한 가정에서 자랐다. 할아버지가 남긴 책을 다 읽고 나서 그의 유일한 위안은 동네 도서관이었다. 책에 빠진 소년은 법률가가 되라는 아버지의 뜻을 거역하고 철학과 문학을 공부했다.

그는 책이 인간의 삶을 연장시키는 유일한 도구라고 생각했다. 한 인간이 소멸한다 해도 그 사람이 지녔던 경험과 지식, 통찰은 책을 통해 다른 사람에게 옮겨지기 때문이다. 그것들이 모여 있는 도서관은 지금까지 인간이 쌓아올린 모든 결과물이 집적된 완전체이자 소통의 광장이다. 에코를 가리켜 '백과사전 지식인'이라고 한다. 그는 지식계의 티라노사우르스(공룡)로 불릴 만큼 어린시절부터 엄청난 양의 독서가 바탕이 되었다.

에코는 무려 책을 5만 권이나 소장했다. 어마어마한 책으로 인해 아파트가 무너질 뻔해서 2번이나 이사를 했다. 이러한 독서이력으로부터 지식과 풍부한 상상력을 얻게 된 에코는 『푸코의 진자』 등의 소설, 『미네르바 성냥갑』 등의 수필, 『토마스 아퀴나스의 미학의 문제』 등의 이론서, 『무엇을 믿을 것인가』와 같은 서한집 형태의 철학서를 창작했다.

2012년 7월 2일 오후, 양손에 무엇인가 든 움베르토 에코가 파리 루브르박물관의 장서각 2층 난간에 섰다. 한 손에는 자신의 소설책 『장미의 이름』과 다른 손에는 전자책을 읽는 기기인 '킨들'이 들려 있었다. 이어 그는 두 물건을 아래로 힘껏 내던졌다. 큰소리와 함께 바닥에 떨어진 킨들은 산산조각이 났다. 종이책은 조금 구겨졌다. 에코의 그러한 행위는 종이책 사랑을 통해 '새것'에만 집착하는 현대 문명의 천박함을 조롱하는 퍼포먼스였다.

에코는 인터넷이 보급되던 초창기에 '인터넷은 쓰레기 더미'라고 질타했다. 이러한 주장은 자기 경험을 통해서 내린 결론이었다. 그가 논문을 쓰기 위해 인터넷 검색을 하자, 너무나도 많은 검색 결과가 나왔다. 에코는 인터넷 검색을 포기하고 도서관으로 향했다. 그는 인터넷에 넘치게 많은 콘텐츠는 아무것도 없는 것과 별반 다르지 않다고 강조했다. 에코는 필요한 책을 찾느라 수만 권의 장서 속에서 며칠 밤을 새우는 고역을 치르면서도 종이책을 예찬했다. 백과사전 같은 책은 인터넷으로 대체될 수 있지만, 시와 소설 같은 글은 종이책으로 읽는 습관을 버리지 못할 것이라고 강조했다.

도서관에 가서 서가 사이를 걸으며 사색에 잠기고, 이 책과 저 책의 적대와 호응을 읽어내고, 새로운 혜안을 생각해내는 일. 그것은 인간의 두뇌 없이는 결코 가능하지 않다. 에코는 이렇게 말했다.

"우리는 난쟁이들입니다. 그러나 실망하지 마세요. 난쟁이지만 거인의 무등을 탄 난쟁이랍니다."

"세상이 멸망해도 미국 의회도서관만 건재하다면 인류 문명을 재건하는 건 시간 문제다."

에코의 대표작 『장미의 이름』은 도서관 장서를 둘러싼 음모를 다룬 소설이다. 아리스토텔레스의 '시학 제2권'이 존재한다는 가정하에 그것을 봉인하려는 자와 세상에 꺼내 놓으려는 자가 대결을 벌이는 이야기다. 시종 아드소가 화자로 등장하는데 그는 처음 도서관에 들어갔을 때 이런 말을 한다.

"이제야 나는 책들끼리 대화를 주고받는다는 사실을 알았다. 장서관이란 수세기에 걸친 음울한 속삭임이 들려오는 곳. 이 양피지와 저 양피지가 해독할 길 없는 대화를 나누는 곳. 만든 자, 옮겨 쓴 자가 죽어도 고스란히 살아남는 수많은 비밀의 보고. 인간의 정신에 의해서는 정복되지 않는 막강한 권력자였다."

2016년 2월 19일, 움베르토 에코가 세상을 떠났을 때 사람들은 이렇게 애도했다. '거대하고 유기적인 도서관 하나가 사라졌다'고.

구슬이 서 말이어도 꿰어야 보배다
– 삼성출판박물관 김종규 회장

김종규 회장은 책 부자다. 『백범일지』 친필본, 『동서고금 인생교본』, 『성경』, 『경전』 등 없는 것이 없다. 그의 수장고에는 온갖 고서가 쌓여 있고 집무실에는 현대서가 꽉 들어차 있다. 김종규 회장에게 책과 독서는 종교다. 어떤 풍파에도 흔들리지 않는 굳센 신앙이다.

지식, 지혜, 사상이 책으로 출판되지 않으면 독자에게 전달될 수 없다. 책의 형태로 세상에 나오지 않으면 숨겨진 구슬이요 부뚜막에 있는 소금에 불과하다. 출판을 통해 독자에게 전달되어야 한다. 김 회장은 '양서란 좋은 음식이나 다름없다'고 했다. 좋은 음식을 먹는 것은 독자가 할 일이다.

김회장은 박경리 작가의 대하소설 『토지』의 붐을 일으킨 주인공이다. 『토지』는 처음에 5권짜리 전집으로 출간되었다. 판매가 부진하자, 『토지』 판매 전담반을 직접 꾸려 전국적인 독서운동을 일으켰다. 그의 노력에 힘입어 『토지』 전집의 판매량은 급속도로 늘었다. 인지에 찍는 도장이 닳아 이름을 알아볼 수 없을 정도가 되었다. 김종규 사장은 새로운 도장을 파달라고 박경리 작가에게 전화를 걸었다. 그런데 수화기 저편에서 들리는 박경리 작가는 이렇게 말했다.

"김 사장이 알아서 파세요."

작가의 인세, 즉 돈과 직결되는 도장을 맡길 정도로 박경리 작가는 김종규 사장을 신뢰했다. 『한국단편소설선집』, 『세계문학전집』, 『세계사상선집』 등 역작들을 출간했다.

삼성출판사 사장 · 회장을 역임하고 김종규는 인생 1막을 출판인으로 마감했다. 은퇴 후에 맞은 인생 2막은 박물관인으로 살고 있다. 30년간 모은 책과 사재를 털어 1990년 국내 최초의 출판전문 박물관인 삼성출판박물관을 열었다.

삼성출판박물관은 『국보 제265호 초조대장경』, 『보물 제745호 월인석보』를 비롯하여 국보 · 보물급 서적 11권을 소장하고 있다. 기억력도 남달라 문화계의 뒷얘기를 복원해주는 백과사전으로 불린다. 기록과 보존에 대한 그의 의지는 확고하다.

인간에 대한 존중과 믿음이 그의 정신세계를 지배한다. 인간만이 글을 쓰고 그림을 그리고 사진을 찍는다. 그것이 축적되어 문화가 된다. 문화를 창조하는 것도 소중하나 보존하고 전수하는 것은 더 중요하다. '문화 창조-문화 전파-문화 보존' 이 세 가지는 한 몸이다. 한 가지만 몸에서 이탈해버리면 가치를 상실한다. 김종규 회장은 '전파-보존'을 평생의 과업으로 삼고 있다. 전파, 보존의 도구는 기록이다. '조선왕조실록'이 없다면 조선의 역사는 흐릿한 기억에 의존하다가 잊혀질 것이다. '난중일기'가 없다면 이순신은 홍길동과 같은 허구적 인물이라 해도 할 말이 없다.

기록이 없으면 신화와 전설, 민담이다. 객관적 인정도 받지 못한다. 기록을 기준으로 선사시대와 역사시대로 구분한다. 출판박물관은 기록물을 보관, 보존, 전시하는 공간이다.

출판박물관을 하게 된 배경은 이렇다. 김 회장의 큰 형님이 6.25전쟁 중이던 1951년 목포에서 서점과 출판업을 시작했다. 이후 사업은 번창했다. 형님은 친구의 회사에 김 회장을 취직시켜 훈련시켰다. 그 회사가 대한도서주식회사다. 책과 출판에 대해 형제는 의기투합했다. 사업으로 번 돈으로 박물관을 만들었다.

태어난 새는 날아야 한다. 구슬이 서 말이라도 꿰어야 보배다. 부뚜막의 소금도 집어넣어야 짜다. 책은 읽혀져야 한다. 책은 읽어야 한다. 책과 독서에 대한 그의 집념은 활화산이다.

삼성출판박물관은 30여 년간 출판인쇄관계 자료를 모아 1990년 6

월 29일에 개관했다. 김종규 회장의 문화의식과 정신이 깃든 국내 최초이자 유일한 출판 전문박물관이다. 우리는 세계 최초로 금속활자를 발명하고 현존 최고最古의 목판인쇄가 남아 있는 긍지를 가진 종주국이다. 뛰어난 우리나라의 출판인쇄를 정립하여 알리고 관계유물을 조사 · 보관 · 전시하는 산 교육장으로서 박물관을 설립했다. 영등포구 당산동에서 2003년 종로구 구기동으로 이전했다.

그의 좌우명은 '누군가에게 베푼 건 생각하지 말고, 받은 건 결코 잊지 말자'다.

> '자신이 모든 걸 다 이룰 수는 없다는 자각이 중요하다. 의욕을 갖되 과욕은 금물이다. 나는 실패한 사람을 많이 봐 왔다. 과욕을 부린 사람들은 사업에 실패하고 건강마저 잃더라.'

인쇄술의 발달로 출판물이 넘쳐나는 시대다. 그래서인가? 책의 소중함이 약해지고 있다. 그러나 좋은 책은 버림받지 않는다. 한 권의 좋은 책은 한 사람의 인생을 바꾼다. 묵은 책 냄새 자욱한 박물관에서 눈 밝은 독자는 향기를 느낄 수 있을 것이다.

책을 읽는 사람이 세상을 지배 한다
– 교육개혁실천가 후지하라 가즈히로

한국과 일본 사회는 급격한 직업 전환이 잘 허용되지 않는다. 회계사에서 여행 작가가 되거나, 교육계의 원로가 경영컨설턴트가 되는 식의 급전환은 자연계의 돌연변이처럼 발생 확률이 낮다. 후지하라 가즈히로는 일본의 영리기업 리크루트에서 10년간 일했고, 도쿄 영업 총괄부장을 지냈다. 그런 그가 2003년, 도쿄의 스기나미 구립 와다중학교 교장에 취임했다. 도내 최초의 민간인 출신 교장이었다. 그의 등장 후, 와다중학교는 일본 공교육의 모범이 되었다. 5년만에 1등 중학교가 되었다. 학생수도 2배 가까이 늘었다. 그가 재임한 5년간 무슨 일이 일어났던 것일까.

교장실에 학생들이 북적북적했다. 처음 부임한 날, 학생들에게 교장실을 개방한다고 말했다. 만화나 책을 교장실에 두고 '교장문고'라고 이름 짓고 교장실에서 읽도록 했다. 이렇게 하니 쉬는 시간, 점심시간에 교장실에 학생들이 모였다. 들어오고 나갈 때 반드시 이름을 말하도록 규칙을 정했기 때문에 아이들 이름을 가장 먼저 외울 수 있었다.

후지하라 교장이 예전에 창업한 출판사의 만화책 15권으로 처음 시작한 교장문고는 9개월이 지날 무렵 3백 권으로 늘어났다. 그동안 5백 권 가량 책을 대출했는데 아이들은 물론 교사, 학부모까지 책을 빌려갔다. 8천 권을 소장한 학교 도서실보다 대출이 잦다. 바로 '열린 교장실'이기에 가능한 일이었다. 아이들과 책을 읽은 소감을 나누다 보면 자연스레 소통의 기회가 생겼다.

후지하라는 중학교 교장 이전에 열혈 독서가이며, 일본에서는 400만 부 이상 팔린 베스트셀러 작가다. 지금은 엄청난 정보가 유통되고 범람하는 시대다. 이 시대는 '정보 편집력'이 중요하다고 말한다. 그는 20세기를 성장사회로 규정하고, 21세기를 성숙사회라고 부른다. 성장사회에서는 '정보 처리력'이 경쟁력이었다. 성숙사회에서는 '정보 편집력'이 가장 중요한 자질이라고 강조한다. 20세기는 '정답을 맞추는 힘'이 관건이었다면, 21세기는 '모두가 수긍하는 답을 만들어내는 힘'이 곧 정보 편집력이란 것이다.

독서 강국이었던 일본도 스마트폰 보급으로 전철 안에서 책 읽는 사람이 보기 힘들어졌다. 그는 독서를 하지 않으면 1차 정보, 즉 자신에게 한정된 특수한 체험밖에 말할 수가 없다고 강조한다. 이들은 한두 사람의 경험을 일반화시키는 오류를 종종 범한다. 그래서 책을 통해 더 많은 간접 경험과 통찰력을 길러야 한다. 법륜 스님은 결혼도 하지 않았지만 온갖 가정 문제를 그 어느 정신과 의사보다도 명쾌한 답안을 내놓지 않는가.

우리나라의 전철 안에서도 책을 읽는 사람이 특별한 사람이 되는 시대다. 대부분 휴대폰에 눈을 박고 있는 사람들을 보며 어떤 이는 비판을 하고, 어떤 작가는 이 현상에 대한 해석을 내놓고, 또 어떤 시인은 풍자시를 쓰기도 한다.

책을 읽지 않는 사람은 살아남을 수 없다. 20세기형 성장사회가 끝나고 지금까지와는 전혀 다른 21세기형 성숙사회가 시작됐다. 성장사회가 상징하는 '다 같이'의 시대에서 성숙사회가 상징하는 '개개인 각자'의 시대로 바뀐 것이다. 성숙사회에서는 개개인 각자가 스스로 세상의 흐름과 자신의 인생에 맞게 행복을 찾아 나가야 한다. 그렇다면 지금 우린 이 순간 어떻게 나만의 행복을 찾아가고, 어려운 시대를 이겨낼 수 있을까?

'책'을 통해 평범한 직장인에서 일본 최고의 교육전문가로 거듭난 후지하라 가즈히로는 이 시대를 살아가기 위한 유일한 열쇠로 '책'을 제시한다. 독서는 인생을 살아가는 데 중요한 2가지 힘, '집중력과 균형 감각'을 길러 주는 가장 좋은 수단이다. 이것만으로도 책을 읽어야만 하는 이유가 분명하다고 말한다.

그는 1955년 도쿄에서 태어나 1978년 도쿄대학 경제학부를 졸업하고 주식회사 리쿠르트에 입사 해 도쿄영업 총괄부장, 신규사업담당부장 등을 역임했다. 1993년 유럽주재를 거쳐 1996년에는 리쿠르트사 VIP급 특별사원인 펠로로 재직하며 훌륭한 성과를 거두었다. 2003년부터 5년간 와다중학교 교장을 역임했다. 2008년부터 2011년까지 하시모토 오사카부 교육 특별고문을 맡았다.

저서로는 베스트셀러가 된 『인생의 교과서(세상살이 규칙)』, 『인생의 교과서(인간관계)』 등 『인생의 교과서』 시리즈 외에 비즈니스서로는 『리쿠르트라는 기적』, 교육서로는 『교장선생님이 되자』, 공저로는 40만 부가 넘는 베스트셀러가 된 『16세의 교과서』 등이 있다. 인생후반전의 삶의 교과서 『언덕 위의 언덕, 55세까지 해두고 싶은 55가지』는 12만 부가 넘는 베스트셀러가 되었고, 근저로는 『지금 말하고 싶은 학교에 대해, 15세부터의 복안사고 (크리티컬 싱킹)』가 있다.

> 유충이 나비로 변신하기 전에는 일단 번데기가 되어 죽은 척하는 법이다. 이처럼 우리 인간들도 흐름을 바꾸고 싶을 때에는, 이전의 자신을 죽이고 죽은 시늉을 하는 것이 좋다.
>
> –후지하라 가즈히로의 『인생의 흐름을 바꾼다』 중에서

조선에서 환생한 제2의 이덕무
– 김병완칼리지 대표 김병완

조선시대 최고의 독서왕은 이덕무이다. 그는 2만 권을 읽었다. 현대 한국사회에서 최고의 독서왕은 김병완이 아닐까 한다. 그는 1997년부터 2008년까지 삼성전자 정보 통신연구소 무선사업부 책임연구원으로 활동했다. 어느날 문득 직장인의 삶이 지는 낙엽 같다는 생각이 들었다. 안정된 직장에 사표를 내고 3년 동안 도서관에 칩거하며 책만 읽었다.

도서관에 틀어박힌 3년 동안 1만 권을 읽었다. 그 후 그는 60여 권의 책을 썼다. 그의 모든 집필의 에너지, 샘의 바탕에는 그가 읽은 1만 권의 독서가 자리한다. 방대한 독서를 통해서 김병완은 기적을 체험했다. 자신의 능력, 잠재력을 극도로 계발하게 되었다. 이로 인해 작가로, 강사로 놀랍게 변신했다.

어렸을 때는 그저 신나게 뛰어논 기억밖에 없습니다. 약간 특별했던 게 있다면 동네 만화방에 있던 만화책을 거의 다 읽었다는 것과 일기를 초등학교 때 하루도 빠지지 않고 썼다는 것 정도라고 할까요. 저는 지금도 자녀들에게 절대로 독서를 강요하지 않습니다. 어린이는 말 그대로 마음껏 뛰어 놀아야 성장하고 발전하는 토대를 마련할 수 있습니다. 어렸을 때 잘 놀아야 철이 들고 성인이 된 후, 책이나 여행 혹은 인생을 통해 겪는 여러 경험들을 도약의 연료로 활용할 수 있습니다. 청년기, 장년기 때는 책과 그다지 친하게 지내지 못했습니다. 책의 진정한 세계에 빠져든 것은 5년 전 회사를 그만둔 이후부터라고 말할 수 있습니다.

책을 고를 때 제 나름대로의 방식이 있습니다. 먼저 책을 짧은 시간에 훑어봅니다. 제목, 목차, 서문 등등을 1~2분 안에 본 후 그 내용이나 주제가 재미있거나 흥미롭거나 유익하거나 관련성이 있거나 명확하거나 심플할 때 그 책을 선택합니다. 하지만 언제든 읽다가 아직은 나와 맞지 않는 책이라는 생각이 들면 과감하게 내려놓고 다른 책으로 갑니다.

아무거나 닥치는 대로 읽지만 몇 분 안에 취사선택을 한 후 끝까지 읽을 책을 선별하고 그 선별된 책들만 끝까지 읽습니다. 즉 책에 따라 읽는 방법이 천차만별입니다. 어떤 책은 한 번 훑어보고 읽기를 포기하고, 또 어떤 책은 한 번 훑어본 후 제대로 읽기 시작해서 정독을 하고, 또 어떤 책은 수십 번 읽기도 합니다.

제가 쓴 책들은 대부분이 다독多讀을 통해 얻은 의식의 변화와 영감을 토대로 집필한 것들입니다. 그 중에서도 『생각의 힘』과 『뜨거워야 움직이고 미쳐야 내 것이 된다』와 같은 책은 특히 더 그렇다고 할 수 있습니다.

–김병완, 『1시간에 1권, 퀀텀독서법』 중에서

진짜 공부를 하면 참된 인생을 만날 수 있다. 공부는 20대에게 세상을 살아갈 수 있는 힘과 자신감 그리고 내공을 길러 준다. 20대 때 공부에 미쳐본 경험이 있는 사람과 그렇지 못한 사람은 알게 모르게 평생 큰 차이가 난다. 진짜 청춘은 공부하는 청춘이다. 공부를 하지 않고 어떻게 100세 시대를 살아가고자 하는가? 공부는 인생의 예의이자 특권이다. 20대 공부는 자신의 내면을 발견할 수 있게 해 주고, 그로 인해 진짜 인생을 살아갈 수 있게 해 준다. 20대 청춘이란 생물학적인 나이만을 의미하지는 않는다. 60대라도 진짜 공부를 하고 있다면 여전히 20대 청춘이고, 이들에게는 미래에 대한 확신과 풍요의 정신이 넘칠 것이다.

3년만에 60권을 출간한 신들린 작가. 과연 그것이 가능한 일인가? 믿기 힘들지만 사실이다. 어떻게 이것이 가능한 일인가? 그것은 바로 1만 권 독서의 힘이다. 3년간 1만 권 독서와 3년간 60권 출간, 어떤 게 더 어려웠을까? 김병완 작가는 두 가지 모두 쉽지 않은 작업이었다고 한다. 그는 삼성전자 퇴사 전까지 인문학은 쳐다보지도 않았던 전형적인 '이과형 인간'이었다. 목적의식과 책에 대한 열정이 없었다면 독서와 책 쓰기 중 어느 것 하나도 이루기 어려웠으리라고 말한다. 하지만 책과는 거리가 멀었던 자신이 해냈다면, 다른 분들도 충분히 해낼 수 있다고 이야기한다. 베스트셀러 작가이지만 본인은 일반 사람들과 전혀 다르지 않음을 강조한다. 다만 책을 좋아하고 그 매력에 빠졌을 뿐이라고 한다.

책 속엔 길이, 천 권의 책 속엔 천 개의 길이 있다. 하지만 그 천 개의 길도 오랜 기간에 걸쳐 띄엄띄엄 발견해낸다면 독서는 새로운 지식과 경험을 우리에게 주지 못한다. 책을 읽으려면 목표를 잡고 집중적으로 읽어야 한다. 단기간에 천 개의 길을 발견한 사람의 사고는 말 그대로 끓어오르듯 팽창한다.

글을 읽을 때는 정신을 집중해서 살펴야 한다. 마치 등 뒤에 칼이 있는 것처럼, 정신을 바짝 차리고 온몸을 곤두세우면서도 피곤하지 않아야 한다. 한가하게 살피고 그냥 지나친다면 아마도 결국 글을 풀어낼 수 없으며, 마음 역시 편안할 수 없을 것이다.

김병완은 강조한다. 독서는 우리가 살아가면서 반드시, 그리고 평생 해야 하는 것이라고. 인간은 망각의 동물이기 때문이다. 인간은 책을 읽지 않고 하루 이틀만 그냥 내버려두면 금방 나태하고 무도해지고 어리석어진다. 독서의 참된 효과가 지식과 정보의 확장에 있는 것이 아니라, 마음을 수련하고, 생각과 의식을 확장하는 데 있다고 강조한다.

5장
한 우물을 파면 강이 된다

불교적으로 말하면 세상은 고해苦海다. 괴로운 바다, 괴로운 감옥이다. 독서는 감옥을 극락으로, 천국으로 바꾸는 배다. 책은 즐거움과 깨달음을 주는 '먼 곳에서 찾아온 벗'이다.

내가 몇 년 전부터 독서에 대하여 깨달은 바가 크다. 마구잡이로 그냥 읽어내리기만 한다면 하루에 백 번, 천 번을 읽어도 읽지 않는 것과 다를 바가 없다. 무릇 독서하는 도중에 의미를 모르는 글자를 만나면 그때마다 세밀하게 연구하여 근본 뿌리를 파헤쳐 글 전체를 이해할 수 있어야 한다.

– 다산 정약용

재주가 남만 못하다고 스스로 한계를 짓지 마라. 나보다 어리석고 둔한 사람도 없겠지만 결국에는 이룸이 있다. 모든 것은 힘쓰는 데 달렸을 따름이다.

– 김득신의 묘비명

『논어』의 샘에서 태어난 삼성이라는 바다
– 삼성그룹 창업주 호암 이병철 (1910~1987)

SAMSUNG은 바다다. 세계 어디를 가도 삼성의 간판이 반짝거린다. 지구촌을 감싸고 있는 바다다. 해외여행 중에는 작은 한글 간판만 봐도 반갑다. 국산 중고차만 봐도 뛰어가서 인사하고 싶다. 즐비한 SAMSUNG 간판, 유명인의 손에 들려 있는 삼성 핸드폰을 보면 어깨가 으쓱해진다. 1등이라곤 해본 적 없는 작은 나라 한국에서 삼성이 1등을 해내고 있다. 1등을 달리고 있는 기업 삼성, 삼성은 한국기업, 우리는 한국인이다. 삼성의 바다를 만든 발원지가 이병철이다.

호암 이병철은 1910년 경상남도 의령에서 태어났다. 1938년 대구에서 삼성상회를 설립한 이래 삼성전자를 비롯한 많은 기업을 일으켜 국가경제 발전에 크게 이바지했다. 1965년에는 기업의 사회적 책임과 사명에 대한 확고한 신념을 바탕으로 삼성문화재단을 설립하여 우리의 정신적 자산을 풍족하게 하는 다양한 사업을 전개했다. 1980년대에는 특유의 통찰력과 선견지명으로 반도체산업에 진출했다.

이병철은 서울 중동중학교(5년제)를 졸업한 후 1929년에 와세다대학 정치경제학과에 입학했다. 유학 초기 틈만 나면 곳곳의 공장을 방문해서 일본 공업의 실상을 살펴보았다. 대학시절부터 이병철은 기업인의 꿈을 꾸었다. 대학시절 이병철은 공부에 열중하고 충실하게 생활했으나, 1학년 때 건강 악화로 쉽게 지치고 피로해지는 증상이 생겨 휴학계를 내고 온천을 찾아다니며 병을 치료하려 했으나 소용이 없었다. 후일 회고에서 그는 '공부해서 무슨 벼슬을 하려고 했던 것도 아니고 단지 도쿄의 신학문이 어떤 것인지도 알았고 그 사람들의 생각도 알게 되었으니 유학생을 더 하면 뭣하나 싶은 회의가 들었다'며 1931년에 자퇴하고 귀국했다.

대학 시절 읽은 톨스토이의 작품에 감명을 받았다. 자기 집안의 노예를 해방시켜 주었던 톨스토이처럼 이병철도 건강이 회복되자 제일 먼저 집안의 머슴들에게 전별금까지 주어 모두 해방시켜 주었다.

이병철은 자신이 기업을 일으키고 큰 부자가 될 수 있었던 내공은 독서, 특히 『논어』에서 비롯됐다고 밝혔다. 이병철 회장의 평생의 책은 논어이다. 이건희 회장도 열심히 읽었고 중국 일본의 기업가들도 많이 읽는다고 한다. 그는 어려움이 있을 때 마다 '논어'를 다시 읽었다고 한다. 그는 자기계발서 따위는 손에 대지 않았다.

'어려서부터 나는 독서를 게을리 하지 않았다. 소설에서 역사서에 이르기까지 다독이라기보다는 난독을 하는 편이었다. 가장 감명을 받은 책 혹은 좌우에 두는 책을 들라면 서슴지 않고『논어』라고 말할 수밖에 없다. 나라는 인간을 형성하는 데 가장 큰 영향을 미친 책이 바로 이『논어』이다. 나의 생각이나 생활이『논어』의 세계에서 벗어나지 못한다고 해도 만족한다.'

이병철은 어린 시절 공부는 잘하지 못했지만 독서를 꾸준히 했다. 그는 지인들에게 "경영에 관한 책에는 흥미를 느껴본 적이 별로 없네. 새 이론을 전개해 낙양지가를 높이는 일도 있지만, 그것은 대체로 지엽적인 경영의 기술을 다루는 데 지나지 않기 때문이다."라고 말하곤 했다.

'소설도 열심히 읽는다. 소설 속에서는 실제 생활에서 우리가 겪지 못하는 많은 인간상들을 실제 이상으로 실감나게 겪을 수 있으니까.' 그는 삼성 임원들에게 소설을 읽으라고 권했다. 소설은 인간의 심리를 묘사한다. 비즈니스는 결국 사람의 마음을 움직이는 것이기 때문이다.

– 이병철 어록

♣ 자고로 성공에는 세 가지 요체가 있다. 운運, 둔鈍, 근根이 그것이다. 사람은 능력 하나만으로 성공하는 것은 아니다. 운을 잘 타야 하는 법이다. 때를 잘 만나야 하고 사람을 잘 만나야 한다는 뜻이다. 그러나 운을 잘 타고 나가려면 역시 운이 다가오기를 기다리는 일종의 둔한 맛이 있어야 한다. 운이 트일 때까지 버티어내는 끈기와 근성이 있어야 한다.
♣ 문화는 창조되고 수용돼 모든 국민의 것이 될 때 비로소 생명력을 갖게 된다. 아름다운 문화유산을 풍요롭게 가꾸어 후대에 물려줄 수 있는 시대야말로 민족사에서 가장 빛나는 시대가 될 것이다.
♣ 좁은 국내에서 첫째, 둘째를 겨룬다는 것은 우스운 일이다. 세계 기업들과 어깨를 나란히 하는 것이 꿈이다.
♣ 제2의 도약을 위해서는 첨단기술을 개발하는 방법밖에 없다. 국가 경쟁력을 확보하기 위해서는 치열한 반도체 개발경쟁에 참여하는 것이 필요불가결한 결단이었다.

40여 년 전인 1977년, 그룹 임직원들을 모아놓고 신년사에서 그는 이렇게 말했다. SAMSUNG이란 로고를 사용하기 전 삼성三星이란 로고를 쓰던 시절이었다.

"우리 삼성인은 세계를 한눈에 굽어보는 넓은 시야와 패기를 가지고 세계무대를 누벼야 한다. 삼성의 깃발이 드높게 휘날리게 되기를 기대한다."

그 신년사는 지금 실현되었다. 『논어』의 샘에서 바다가 만들어졌다. 그러나 그 바다는 출렁거리는 바다다. 어디에서 폭풍이 몰아쳐 새로운 바다가 만들어질지 모르는 무서운 바다다.

감옥이 그리울 때가 있어요

– 김대중 전 대통령 (1924~2009)

김대중처럼 명확하게 지지와 반대가 나누어지는 정치지도자는 없다. 지지와 반대를 떠나 그의 독서에 대한 열정과 애정은 본받을 만하다. 생전에 모은 책들이 있는 서재가 통째로 도서관이 될 정도다. 독서를 즐겼고, 적지 않은 책들을 집필했다. 이를 두고 김종필은 농담처럼, '김영삼이 읽은 책보다 김대중이 쓴 책이 더 많을 것이다'라고 했다.

"골프? 좋은 운동이지요. 모처럼 자연과 벗도 되고, 그런데 골프 한 번 치려면 서너 시간은 걸리죠? 그렇다면 책을 한 권 읽을 시간인데, 독서가 낫지 않을까요." 골프에 관한 김대중의 말이다.

김대중은 대통령 퇴임 후에도 책을 놓지 않았다. 비서들은 독서 중독증을 걱정했다. 혈액투석을 할 때도 비서들에게 책이나 신문을 읽어달라고 했다. 다시는 집에 돌아오지 못했던, 세브란스병원에 입원하러 집을 나서기 직전까지도 책을 읽었다.

김대중도서관 지하 강당 한 구석에는 김대중이 기증한 책들이 꽂혀 있다. 손때 묻은 책들을 살펴보면 그의 책에 대한 욕심을 알 수 있다. 김대중의 독서 성향은 분야를 가리지 않았다. 김대중은 평상시에 농담 반, 진담 반으로 이렇게 얘기했다.

"바빠서 책을 읽지 못하면 감옥이 그리울 때가 있어요. 감옥에서 책이나 실컷 읽었으면 할 때가 많아요."

김대중은 애서가이자, 독서광이었다. 두 차례의 망명생활, 투옥, 자택연금 때 많은 책을 읽었다. 특히 신군부에 의해 '김대중 내란음모사건'으로 투옥되었을 때 가장 많은 책들을 읽고 기록했다. 엽서에 깨알 같이 쓴 글들이『옥중서신』이라는 책으로 출판되기도 했다.

흔히들 감옥을 학교라 부른다. 나쁜 의미든 좋은 의미든 감옥 생활은 반성과 성찰의 시간을 통해 사람들이 변화되는 공간이기 때문이다. '감옥에서 나쁜 것만 배운다'라는 말은 사회적 편견이다. 김대중이 감옥에서 사상과 이야기를 다듬어낼 수 있었던 것은 바로 책이다. 감옥은 인간 김대중을 만들어낸 곳이었다.

김대중이 소장한 책은 3만여 권. 아태재단과 노벨평화상 상금 일부를 보태 연세대에 기증하면서 김대중도서관이 만들어졌다. 김대중은 책 대통령, 독서 대통령, 글 대통령이었다. 일주일에 평균 4권을 읽었다고 알려져 있다.

김대중이 대통령이 되기 전 가장 감명 깊게 읽은 작품은 최명희의 『혼불』이다. 국권상실기인 금세기 초반을 버텨낸 민족의 역량이 다음 세기 찬란한 민족혼으로 이어지는 것에 감명 받았다고 한다. 조셉 나이스비트의 『메가트렌드 아시아』, 토인비의 『역사의 연구』를 읽으며 아시아 속의 한국위상을 고민했다. 라인홀드 니버의 『도덕적 인간과 비도덕적 사회』, 박경리의 『토지』, 헤밍웨이의 『노인과 바다』, 피터 드러커의 『단절의 시대』, 『성경』, 『맹자』 등도 가까이 두었던 책이다.

잠자리에 들기 전에 조금씩 책을 보기도 했다. 경제난을 감안해 발터 오이켄의 『경제정책의 원리』, 동양, 서양, 이슬람 문화사에 대한 새뮤얼 헌팅턴의 『문명의 충돌』도 애독서였다. 김대중은 숙독해야 할 부분은 복사해 읽기도 하고 중요한 부분은 밑줄을 치는 습관도 있다.

김대중은 세계 명작이라 불리는 것들은 거의 읽었다. 초등학교 때 세계문학전집을 완독했다. 김대중은 몇 백 년을 살아온 작품은 그렇게 남을 만한 가치가 있다고 했다. 인간의 영혼에서 나온 불멸의 목소리가 들어있다는 것이다. 김대중은 책을 정독했다. 그리고 읽은 후의 여운을 사색으로 이어갔다. 내용을 완벽하게 새김질했다.

후세에 남긴 '김대중의 말'들은 이런 새김질의 결과물이다. '서생적 문제의식과 상인적 현실 감각', '행동하는 양심', '기적은 기적적으로 오지 않는다', '철의 실크로드' 등은 사안을 꿰뚫는 명언들이다. 깊은 독서와 사색으로 퍼 올린 것들이다.

– 김대중 전 대통령 어록

♣ 행동하는 양심이 됩시다. 행동하지 않는 양심은 악의 편입니다.

♣ 전진해야 할 때 주저하지 말며, 인내해야 할 때 초조하지 말며, 후회해야 할 때 낙심하지 않아야 한다.

♣ 두렵지 않기 때문에 나서는 것이 아닙니다. 두렵지만 나서야 하기 때문에 나서는 것입니다. 그게 참된 용기입니다.

♣ 논리의 검증을 거치지 않은 경험은 잡담이며, 경험의 검증을 거치지 않는 논리는 공론이다.

스물세 해 동안 나를 키운 건 팔할이 바람이다.
세상은 가도 가도 부끄럽기만 하더라
어떤 이는 내 눈에서 죄인을 읽고 가고

어떤 이는 내 입에서 천치天痴를 읽고 가나

나는 아무것도 뉘우치진 않을란다.

—서정주, 「자화상」 중에서

김대중을 키운 건 팔할이 독서였다. 책이 아니었다면 그 시절을 어떻게 견뎌냈고, 어떻게 대통령이 될 수 있었으랴.

하루라도 책을 읽지 않으면 입 안에 가시가 돋는다

– 안중근 (1879~1910)

一日不讀書 口中生荊棘 일일불독서 구중생형극

하루라도 책을 읽지 않으면 입 안에 가시가 돋는다.

이 말은 안중근 의사가 뤼순 감옥에서 쓴 글귀다. 그는 풍전등화 같았던 조국을 구하기 위해 대한제국 의군 참모중장 안중근의 이름으로 이토 히로부미를 척살했다.

거사의 날, 1909년 10월26일 아침 9시, 하얼빈 역 플랫폼에 이토가 하차했을 때 많은 수행원들과 섞여 있어서 누가 이토인지 분간할 수 없었다. 그런 순간에, 이토의 하얼빈 방문을 환영하는 현지 일본인 환영객들 중 누군가가 이토의 이름을 크게 부르자 이토가 뒤를 돌아보면서 손을 흔들었다. 안중근이 이토의 얼굴을 확인했다. 전광석화처럼 FN M1900 권총은 할로 포인트 탄환으로 3발을 발사했다. 제1탄은 이토의 오른팔 윗부분을 관통하고 흉부에, 제2탄은 이토의 오른쪽 팔꿈치를 관통해 흉복부에, 제3탄은 윗배 중앙 우측으로 들어가 좌측 복근에 박혔다. 3발 모두 급소를 맞췄다.

안중근은 이토 히로부미를 저격한 현장에서 '대한만세'의 러시아어인 '코레아 우레'를 외치고 러시아 군인들에게 순순히 체포되었다. 안중근은 예심도 거치지 않았고, 일본인 관선 변호사로부터만 변론을 받았다. 그의 법정 발언은 전체 내용이 아니라 '요약'된 부문만 통역해서 재판부에 전달됐다. 재판은 2월7일부터 14일까지 6차례에 걸쳐 진행됐다. 그는 살인죄로 사형을 언도받았다.

재판에서 안중근은 '대한제국 의군 참모중장의 자격으로 이토를 저격한 것이지 자객으로서 한 것이 아니다. 포로를 처벌하려거든 국제 공법公法에 따라 처리하라'고 요구했다. '일본이 한국의 독립을 부정하고 동양의 평화를 해치기 때문에 이토를 살해했다'고 주장했다. 그러나 재판부는 살해의 사실만을 판결에 적시하고 살해의 목적과 동기는 끝내 언급하지 않았다. 안중근은 이토가 죽은 지 다섯 달 만인 경술년 3월 26일 오전 10시, 한복으로 갈아입고 형장에 서서 기뻐하며 말하기를 "나는 대한독립을 위해 죽고, 동양평화를 위해 죽는데 어찌 죽음이 한스럽겠소?" 라고 했다. 조용히 형장으로 나아갔다. 나이 32세였다.

안중근은 폭력을 좋아하는 테러리스트가 아니다. 그는 깊은 인문학적 교양을 쌓은 독서인이었다. 지금도 많은 사람들은 안중근이 뤼순 감옥에서 죽음을 앞두고 쓴 글귀들을 감명 깊게 보고 있다. 그는 뤼순 옥중에서 많은 글씨를 남겼다. 이 중 몇몇이 보물 제569호 안중근 의사 유묵으로 지정됐다. 이 가운데 유명한 것이 보물 제569-2호인 '一日不讀書口中生荊棘(일일부독서구중생형극)'이다. 이것은 『명심보감』에 나오는 구절이다. 하루라도 책을 읽지 않으면 입 안에 가시가 자라는 것처럼 입이 거칠어져 남을 비난하고 욕하고 말을 함부로 한다는 뜻이다. 이 한 마디를 보아도 안중근은 독서를 소중히 여기는 선비였음을 알 수 있다.

그는 날마다 독서를 게을리 하지 않았다. 독서를 통해 사물의 이치를 깨달았고, 세상의 흐름을 읽었다. 이 때문에 그는 대한제국의 고관이 아니었으나, 나라의 운명을 스스로 개척하겠다는 결의를 품게 되었다. 책을 읽지 않았더라면 원대한 뜻을 품지 못했을 것이고, 설사 잠시 비분강개한 마음을 가졌다 하더라도 목숨을 버려가면서까지 애국심을 행동으로 옮기지 못했을 것이다. 책이 사람을 만들고 책이 영웅을 만든다.

안중근이 남긴 유묵을 보면 숙연해진다. 그가 연마한 독서의 깊이, 인간의 깊이가 느껴진다.

♣ 見利思義 見危授命 견리사의 견위수명

불의를 보거든 정의를 생각하고, 위태로움을 보거든 목숨을 바쳐라.

♣ 黃金百萬兩 不如一敎子 황금백만량 불여일교자

황금 백만 냥도 자식 하나 가르치는 것만 못하다.

♣ 博學於文 約之以禮 박학어문 약지이례

폭넓게 공부하고 글을 익히되, 예법으로써 자신을 단속하라.

♣ 貧而無諂 富而無驕 빈이무첨 부이무교

가난하되 아첨하지 않고, 부유하되 교만하지 말라.

♣ 孤莫孤 於自恃 고막고 어자시

가장 외로운 것은 스스로 잘난 척 하는 것이다.

♣ 白日莫虛渡 靑春不再來 백일막허도 청춘부재래

하루하루를 헛되이 보내지 말라. 청춘은 두 번 다시 오지 않는다.

그는 자신의 유해를 하얼빈 공원에 묻었다가 고국이 독립되면 고국 땅에 묻어달라고 유언했다. 그가 처형 당한 뒤 두 동생이 유해를 인수하기 위해 찾아왔지만 일본은 안중근 의사의 묘지가 독립운동의 성지가 될 것을 우려해 유해를 넘겨 주지 않았다. 유해는 뤼순 감옥 인근 죄수 묘지에 묻힌 것으로 추정된다. 유해는 아직도 발견되지 않았다. 뤼순 주변은 1930년대 이후 여러 차례 개간되어 1910년대의 흔적을 찾을 수 없다. 2008년 남북이 공동으로 진행한 발굴사업에서도 결국 유해를 찾지 못했다. 그의 유해가 고국으로 돌아올 가능성은 희박하다.

독서와 저술로 역사에 꽃을 피우다

– 다산 정약용 (1762~1836)

정조 임금이 승하한 뒤 순조 임금이 즉위했다. 정조의 갑작스런 승하로 총애를 받던 정약용의 고난이 시작되었다. 정권을 잡은 노론은 남인을 조정에서 몰아내기 위해 천주교를 탄압했다. 신유박해로 정약용, 정약전 형제는 장기와 신지도로 유배를 갔다. 몇 달 지나지 않아 조카사위 황사영의 백서가 발견되면서 정약용 형제는 다시 강진과 흑산도로 유배를 갔다.

정약용은 1801년 11월에 강진 땅에 도착했다. 천주학을 전파한 죄인이라는 이유로 마을 사람들의 외면을 받았다. 겨우 주막집 쪽방을 얻어 유배생활을 시작했다. 이후 고성사의 보은산방, 제자인 이청의 집 등을 전전하다가 외가인 해남 윤씨 자손들의 공부방으로 사용되던 강진 땅 만덕산 언저리 야트막한 야산인 다산茶山의 산 중턱에 초당을 지었다. 다산초당이 만들어졌다.

그는 이곳에서 독서와 저술에 몰두했다. 유배로 세상과 격리된 정약용이 선택한 길은 학문과 저술의 길이었다. 조선의 사회 현실을 비판하고, 개혁안을 정리하는 데 몰두했다. 목민관들의 지침서인『목민심서牧民心書』, 행정 기구의 개편과 제도의 개혁 원리를 제시한『경세유표經世遺表』, 죄와 형벌에 관한『흠흠신서欽欽新書』등을 포함하여 약 500여 권의 책을 썼다. 그는 18년만에 귀양에서 풀려나 고향으로 돌아왔다. 그는 1836년(헌종 2) 2월에 75세를 일기로 고향집에서 세상을 떠났다. 그가 생전 쓴 책은 필사본인『열수전서』에 경집 88책 250권, 문집 30책 87권, 잡찬 64책 166권 등 총 182책 503권이다

현재 남아 있는 다산초당은 다산이 머물렀던 때의 초당草堂이 아니라 1958년 사적 제107호로 지정 받으면서 초가를 허물고 정면 5칸, 측면 2칸의 기와집으로 중건한 것이다.

> 내가 몇 년 전부터 독서에 대하여 깨달은 바가 크다. 마구잡이로 그냥 읽어내리기만 한다면 하루에 백 번, 천 번을 읽어도 읽지 않는 것과 다를 바가 없다. 무릇 독서하는 도중에 의미를 모르는 글자를 만나면 그때마다 세밀하게 연구하여 근본 뿌리를 파헤쳐 글 전체를 이해할 수 있어야 한다.

부지런함이란 무얼 뜻하겠는가? 오늘 할 일을 내일로 미루지 말며, 아침에 할 일을 저녁 때로 미루지 말며, 맑은 날에 해야 할 일을 비오는 날까지 끌지 말고, 비오는 날 해야 할 일도 맑은 날까지 끌지 말아야 한다.

–유배지에서 아들에게 보낸 「다산 정약용의 편지」 중에서

다산은 18년간 강진의 다산초당에서 유배생활을 하는 동안 자식에게 많은 편지를 보냈다. 편지글에는 학자로서 갖춰야 하는 자세, 마음가짐 그리고 옷차림이나 살림살이에 대한 세세한 충고가 가득 들어 있다. 또한, 자신의 유배로 인하여 자식들이 학문에 대한 뜻을 꺾을까 염려하는 아버지의 사랑도 가득 담겨 있다.

정약용은 당대 최고의 사상가, 정치가, 행정가, 의사, 지리학자, 과학 기술자였다. 그야말로 만능이었다. 그는 누구보다 엄하고 다정한 아버지, 속 깊은 동생, 백성의 올바른 스승이었다. 다산의 유배 18년은 개인에게는 불행이었지만 우리 역사에는 행운이다. 세상과 격리된 유배지에서 좌절하지 않고 백성의 미래를 위한 새로운 조선의 청사진을 그렸다.

형제의 우애는 유배지에서도 변치 않았다. 육식을 하지 못한다는 정약전의 편지에 형의 건강을 염려하며 구체적인 요리법까지 꼼꼼히 적어 보냈다. 그는 자녀 교육에 많은 힘을 쏟았다. 독서를 게을리

하는 두 아들에게 잔소리를 늘어놓기도 했다.

다산은 조선에서 가장 많은 책을 쓴 학자이다. 그가 남긴 책과 말은 지금 우리에게 고마운 선물이다.

♣ 복은 청렴하고 검소해야 생기고 덕은 자신을 낮추고 겸손해야 생긴다.

♣ 절약하지 아니하면 집안을 망치고 청렴하지 않으면 관직을 잃는다.

♣ 사람들이 아는 것은 가마 타는 즐거움 뿐, 가마 메는 가마꾼의 괴로움은 모르고 있네.

♣ 대중을 통솔하는 방법에는 위엄과 신의가 있을 따름이다. 위엄은 청렴한 데서 생기고 신의는 충성된 데서 나온다. 충성되면서 청렴하면 능히 대중을 복종 시킬 수 있을 것이다.

♣ 남이 알지 못하게 하려면 행동하지 말고, 남이 듣지 못하게 하려면 말하지 말라.

18년간의 유배는 인간으로서 감내하기 어려운 시련이다. 다산은 분노와 좌절로 자신의 삶을 피폐하게 만든 것이 아니라 독서, 수양, 저술을 통해 조선 사회를 개선하고 변화시킬 사상을 완성했다. 반상의 구분이 당연하던 조선시대에 사회의 부조리와 부패를 보며 문제의식을 느끼고, 서구의 과학적이고 합리적인 사상을 받아들여 체제에 근본적인 변화를 만들고자 했다. 조정에서 배척 당하고 쫓겨나 소외된 채 18년을 살아야 했던 그는 후학들을 기르고 자신의 사상을 집약해 책으로 남겼다.

세한도에는 추사의 쓸쓸함과 의리가 담겨 있다
– 추사 김정희 (1786~1856)

추사 김정희의 제주도 유배 시절에 제자인 이상적은 스승을 잊지 않았다. 귀한 서적을 구해서 제주도 유배 중인 스승 추사에게 보내 주었다. 추사는 고마운 마음을 담아 자신과 이상적의 관계를 암시하는 '세한도'를 그려 주었다.

추사는 명문가에서 태어나 조선 최고의 지식인으로 남부러울 것 없는 삶을 살았다. 1840년, 그의 나이 55세에 세도정치의 소용돌이에 휘말려 제주도로 유배되었다. 한양에서 가장 먼 제주도, 유배형 중 가장 극형인 위리안치형에 처해졌다. 추사는 가시나무 울타리 밖의 세상으로 나갈 수 없었다. 얼마 지나지 않아 가장 친한 친구인 김유근의 부고를 전해 들었다. 2년 후에는 사랑하는 아내가 죽었다. 유배

오기 전 자주 만나서 술 마시고 담소하던 친구들마저 소식 한 통 전해오지 않았다.

1844년, 추사 김정희는 생애 최고의 명작을 남긴다. 제목을 '歲寒圖(세한도)'라 쓰고, 藕船是賞(우선시상)이라 썼다. 우선은 제자 이상적의 호였다. '우선은 감상하게'라는 의미다. 이상적은 청나라의 최신 서적을 구하여 제주도에 있는 스승에게 보냈다. 그 책들을 권문세가에 바쳤다면 출세가 보장되었을 것이다. 김정희는 이상적의 마음을 알아 주었다. 그리하여 長毋相忘(장무상망)이라는 붉은 글씨를 남긴다. '서로 오래되어 잊지 말자'라는 뜻이다. 세한도의 이름은 『논어』, 「자한」편의 '歲寒, 然後知 松柏之後凋也(세한 연후지 송백지후조야)' 라는 구절에서 따왔다. '추운 겨울이 지나서야 소나무와 잣나무가 시들지 않는다는 사실을 알게 된다'는 뜻이다.

유배지에서 할 수 있는 일이 무엇이 있을까? 정치적 적들을 증오하고 유배 보낸 왕을 원망하는 것이 인간의 1차적 본성이다. 많은 이들이 세상을 원망하고 술과 시름으로 기약 없는 세월을 보냈다. 추사는 달랐다. 자신을 연마했고, 책을 읽었다. 자신의 소장도서 및 독서계획 서목을 만들었다. 지금도 그 내용의 일부가 전해진다. 『만학집』, 『본초강목』, 『해국도지』 등 당대에도 귀하게 여겼던 책을 읽었다. 추사가 읽은 책 가운데 눈길을 끄는 책은 『해국도지』다. 이 책은 세계지리에 대한 소개로 그치는 것이 아니고 19세기 청나라 공양학

파의 입장을 대변하는 사상서다. 우리나라 개화파에 큰 영향을 주었다. 1844년에 간행된 이 책을 추사는 1845년에 읽었다. 제자 이상적이 보내 준 것이다.

유배 때문에 독서에 전념할 수 있었다. 유배의 시간이 길어져 감시가 느슨해지자 제주도 사람들에게 실학을 소개하면서 많은 제자를 길렀다. 독서가이자 교육자로서 추사의 모습은, '제자가 3천 명'이라고 그의 제자인 개화사상가 강위姜瑋가 증언했다.

추사는 서예가로 많이 알려졌지만, 그는 전 학문 분야에서 뛰어난 인물이었다. 추사는 이미 20세에 신구新舊학문에 막힘이 없는 천재성을 발휘하여 주위를 놀라게 했다. 이러한 추사를 길러낸 가장 큰 힘은 독서였다. 추사는 친구에게 보낸 편지에서, '나는 평생 천 자루의 붓을 몽당붓으로 만들었고, 열 개의 벼루 바닥에 구멍이 날 정도로 주야로 읽고 쓰기를 멈추지 않았다.'라고 했다.

그는 청나라의 고증학을 기반으로 한 금석학자이며, 실사구시를 제창한 경학자이기도 하며 불교학에도 조예가 깊었다. 추사는 금속이나 돌에 새긴 글씨나 그림을 해석하는 금석학에도 실력자였다. 당시까지 '무학대사비'로 알려진 북한산 '진흥왕순수비'의 실체를 밝혀냈다. 추사는 7월 무더위 속을 뚫고 북한산에 올라 그곳에 있던 진흥왕순수비의 탁본을 했다. 그 뒤 그는 침식을 잊은 채 비문을 판독한 다음 그 비가 진흥왕순수비임을 밝혀냈다. 금석학 연구에는 역사지식 외에도 천문과 지리 등 다양한 과학지식이 필요하다.

추사의 과학적 사고는 '세한도'에서도 발견된다. '세한도'를 연구하는 현대 학자들은 '철저한 수학적 구도에 관한 지식 없이는 나올 수 없는 그림'이라고 입을 모은다. '그림과 글씨, 화폭 등 여러 요소들의 수적 관계에 바탕해서 주도면밀한 구상으로 계획된 그림'이 바로 '세한도'라는 것이다.

제주도 대정읍에 있는 미술관인 추사관 건물은 세한도의 건물을 본따서 만들었다. 세한도는 복사본, 인터넷 사진 등으로 우리 눈에 익숙하다. 그것에 대한 일화를 알면 아슬아슬하다. 세한도는 이상적이 죽은 후에 일제시대에 고미술 수집가이자 완당(추사)의 매니아였던 후지츠카 치카시(藤塚隣)의 손에 들어갔다. 후지츠카는 완당의 서화나 그에 대한 자료를 매우 많이 소장하고 있었다. 서예가 손재형(1902~1981)이 그에게 간곡하게 부탁하여 세한도를 양도 받았다고 한다.

손재형이 세한도를 양도 받고 난 세 달 뒤인 1945년 3월, 도쿄 대공습으로 후지츠카의 서재가 모조리 불타버렸다. 그가 수집한 완당의 많은 작품들도 함께 사라졌다. 세한도는 그야말로 운명적으로 살아남은 작품이라고 하겠다. 손재형은 이 작품을 매우 귀하게 여겼으나 정치에 입문하면서 가세가 기울어 어쩔 수 없이 이를 매각

했다. 이를 매입했던 개성 출신의 부호이자 고미술 수집가였던 손세기의 아들인 손창근이 물려받아 소유하고 있다가 국립중앙박물관에 기증했다.

뜨거운 강에서 헤엄친 자유로운 영혼
– 연암 박지원 (1737~1805)

어린이가 책을 읽으면 요망하게 되지 않는다. 늙은이가 책을 읽으면 노망이 들지 않는다. 귀해졌다 하여 변하지도 않고, 천해졌다 해서 멋대로 굴지도 않는다. 어진 자라고 넉넉한 법이 없고, 부족한 자에게 무익한 경우도 없다. 집이 가난한데 독서를 좋아한다는 말을 들은 적은 있어도, 집이 부유해도 책 읽기를 좋아한다는 말은 들어 보지 못했다.

흥미를 위주로 한 수박 겉핥기 식의 독서를 해서는 안 된다. 그 책을 쓴 사람의 고심한 자취를 헤아리는 데까지 나아가야 그것이 참독서다. 이러한 독서를 위해서는 집중적인 노력과 충분한 시간이 필요하며, 과정을 정해 놓고 하는 것이 좋다. 죽은 지식만 구하는 것은 잘못된 독서다. 차라리 생기 가득한 이른 아침 새소리를 듣는 것이 참 독서다.

독서를 잘한다는 것은 읽는 소리를 잘 내는 것을 말함이 아니다. 구두점을 잘 찍는 것을 말함도 아니다. 의미를 잘 이해함을 말하는 것도 아니며, 그 내용을 잘 말함을 의미하는 것도 아니다. 비록 효제충신孝悌忠信한 사람이 있더라도 독서가 아니면 모두 사사로운 지혜뿐이다. 권모지략과 경륜의 기술이 있다고 하더라도 독서가 아니면 모두 권모술수로 맞추는 것이다. 이런 선비는 바른 선비가 아니다. 바른 선비란 그 뜻은 갓난아이와 같고 그 모습은 처녀와 같아서 평생 문을 닫아걸고 독서하는 선비다.

갓난아이는 비록 연약하지만 그리워하는 것에 전심전력한다. 처녀는 비록 서투르고 꾸밈이 없지만 자신을 지킴은 확고하다. 그처럼 문을 닫아걸고 독서하는 선비는 우러러 하늘에 부끄럽지 않고 굽어 사람에 부끄럽지 않다.

– 정민 지음, 『고전문장론과 연암 박지원』 중에서

박지원이 밝힌 독서론이다. 박지원은 조선 후기 북학파를 대표하는 학자다. 그는 44세 때(1780년, 정조4년) 삼종형, 박명원을 수행하여 연경燕京을 거쳐 청나라 황제의 여름 별궁이 있는 열하熱河까지 갔다. 그가 남긴 불후의 명작 『열하일기』는 1780년 청나라를 다녀온 후, 1783년에 완성한 기행문 형식의 책이다. 그가 이곳에서 약 2개월 간 견문한 내용을 정리한 책이 『열하일기』다. 거기에는 청나라의 선진문물을 수용하여 조선의 낙후된 현실을 개혁하고 풍요하게 하기 위한 '이용후생론'을 제시하며, 조선사회의 편견과 타성의 폐단을 예리하게 분석하여 그 개선책을 강구했다.

그의 실학사상은 '이용후생'을 한 다음에 올바른 덕을 실현할 수 있다고 봤다. 도학의 입장과는 정반대로 공허한 도덕보다 실용을 앞세워야 한다는 것이다. 그는 벼슬에 야심이 없었다. 50세 때 비로소 선공감 감역에 제수되고, 이후 안의 현감 · 면천 군수 · 양양 부사 등 지방 수령으로서 자신의 '이용후생론'을 실험하고 그 경험을 지식으로 구체화했다.

연암의 대표작 『허생전』에 그의 사상이 잘 드러나 있다. 주인공 허생은 기발하게 큰 돈을 벌고도 이를 상업자본으로 투자하지 않았다. 이윤을 노린 무역 행위를 하지도 않았다. 50만 냥이란 큰 돈을 벌어 바다에 쓸어 넣어버렸다. 정치적 강제가 존재하지 않는 평등하고 자유로운 사회를 지향하는 이념이다.

연암은 서울의 서쪽인 반송방 야동에서 출생했다. 아버지가 벼슬 없는 선비로 지냈기 때문에 할아버지 박필균이 양육했다. 1752년(영조 28년) 이보천의 딸과 혼인했다. 이보천의 아우 이양천에게 사마

천司馬遷의 『사기史記』를 비롯해 역사 서적을 읽고 배웠다. 수년간의 학업에서 문장에 대한 이치를 터득했다. 처남 이재성과는 평생 문우로 지내면서 서로 학문에 충실한 조언자가 되었다.

연암은 학문이 뛰어났으나 과거나 벼슬에 뜻을 두지 않고 오직 학문과 저술에만 전념했다. 1768년 백탑白塔 근처로 이사를 했다. 거기에는 박제가 · 이서구 · 서상수 · 유득공 · 유금 등 서로 죽이 맞는 이들이 살고 있었다. 그들과 이웃하면서 학문적으로 깊은 교유를 가졌다. 이때를 전후해 홍대용 · 이덕무 · 정철조 등과 '이용후생'에 대해 열띤 토론을 했다. 유득공 · 이덕무 등과 함께 서부 지방을 여행했다. 당시 국내 정세는 홍국영이 세도를 잡아 벽파였던 박지원의 생활은 더욱 어렵게 되고 생명의 위협까지 느꼈다. 결국 황해도 금천 연암협燕巖峽으로 은거했는데 박지원의 아호가 연암이 된 것도 이에 연유한다.

연암은 타고난 기질이 매우 강건하여 남들과 타협하지 못하였다. 연암의 아들 박종채는 『과정록』에서 "아버지는 사람을 대하여 담소할 적에 언제나 격의 없이 말씀하셨다. 그러나 마음에 맞지 않는 사람이 자리 중에 있어 말 중간에 끼어들기라도 하면 기분이 상해 하루종일 그 사람과 마주하고 앉았더라도 한마디 말씀도 나누지 않으셨다. 아버지는 부화뇌동하거나 아첨하거나 거짓을 꾸미는 태도를 용납하지 못하셨다."라고 회고했다.

연암도 자신의 단점을 잘 알아 '이는 내 타고난 기질의 병이다. 바로잡고자 한 지 오래되었지만 끝내 고칠 수 없었다. 일생 동안 이런 저런 험한 꼴을 겪은 것도 모두 그러한 기질 탓이다'라고 스스로 인정했다. 비판과 풍자로 사람들의 가슴을 시원하게 해 주었지만 정작 자신은 심적 고통을 겪었던 연암은 고지식한 지식인이었다.

2만 권의 책을 읽은 조선 최고의 독서 왕
– 간서치 이덕무 (1741~1793)

이덕무의 여러 개 호 중에서 대표적으로 불리는 호는 형암炯庵이다. 간서치는 그의 호가 아니지만 이름 앞에 붙여보았다. 간서치看書癡, booklike는 지나치게 책을 읽는 데만 열중하거나 책만 읽어서 세상 물정에 어두운 사람을 비유적으로 이르는 말이다. 이덕무에게 어울리는 헌사獻詞이다.

남아수독오거서男兒須讀五車書. 남자라면 다섯 수레 정도의 책은 읽어야 한다는 뜻이다. 『장자莊子』, 「천하편」에 나오는 혜시다방기서오거惠施多方其書五車에서 유래했다. 장자가 친구 혜시의 장서를 보고 박학다식한 혜시가 많은 책을 읽은 것을 감탄했다.

이 구절은 당나라 시인 두보의 시 제백학사모옥題柏學士茅屋에 인용되어 유명해졌다.

부귀필종근고득 富貴必從勤苦得
부귀는 반드시 근면한 사람이 얻으니

남아수독오거서 男兒須讀五車書
남자는 반드시 다섯 수레의 책을 읽어야 하느니라.

책을 많이 읽을 것을 권장하는 말로, 오늘날에는 남자뿐 아니라 여자에게도 해당된다. 다섯 수레 분량의 책은 몇 권이나 될까? 옛날 수레는 소나 말이 끌었기 때문에 사람이 끄는 수레보다는 훨씬 많은 양의 책을 실을 수 있었다. 수레 하나에 약 3,000권의 책을 실을 수 있다고 하니, 평생 읽어야 할 책은 약 7,500~10,000권에 이른다. 이것보다 두 배 이상 더 많은 책을 읽은 이가 이덕무다.

이덕무는 조선후기 실학자 그룹인 '이용후생'파 중 한 사람이다. 박제가, 이서구, 유득공과 더불어 청나라에까지 사가시인四家詩人으로 문명文名을 날린 실학자이다. 경서經書와 사서四書에서부터 기문이서奇文異書에 이르기까지 박학다식하고 문장이 뛰어났으나, 서자였기 때문에 출세에 제약이 있었다. 출세를 포기하고 책을 읽었다. 관리가 될 수는 없지만 학자, 사상가는 될 수 있었다.

이덕무는 하루 종일 책을 읽었는데 해가 지는 방향으로 햇빛을 따라 방안을 옮겨 다니며 책을 읽었다. 햇빛이 드는 쪽이 밝기 때문에 조금씩 옮겨 다닌 것이다.

이덕무는 책을 볼 때는 시간을 정해서 읽어야 한다고 조언한다. 정해진 시간을 넘겨 책을 더 읽어도 안 되고, 시간을 남겨 덜 읽어도 안 된다고 했다. 또 의심나는 글자가 있으면 즉시 참고서를 찾아 그 뜻을 알아내야 한다고 했다.

이덕무의 독서 취향은 특정 분야에 한정되지 않았다. 『논어』 등 경서를 깊이 연구했고 제자백가 사상과 고금의 역사와 문물제도, 음운학, 문집, 의서와 농서, 문자학 등 다방면에 걸쳐 책을 섭렵했다. 백과사전식 독서였다.

이덕무는 여행을 하는 도중에 보고 들은 내용을 빠짐없이 붓으로 기록했다. 기록해두면 그게 자신만의 콘텐츠가 되어 언젠가 한 권의 책으로 탄생할 수 있게 된다. 메모, 즉 기록의 힘이다.

독서는 마음이 편안할 때만 하는 것이 아니다. 갑자기 슬픈 일이 들이닥쳐도 책을 읽었다.

> 지극한 슬픔이 닥치게 되면 온 사방을 둘러보아도 막막하기만 하다. 한 뼘 땅이라도 있으면 뚫고 들어가 더 이상 살고 싶은 생각

이 없어진다. 하지만 나는 다행히도 두 눈이 있어 글자를 배울 수 있었다. 그래서 나는 지극한 슬픔을 겪더라도 한 권의 책을 들고 내 슬픈 마음을 위로하며 조용히 책을 읽는다. 그러다 보면 절망스러운 마음이 조금씩 안정된다. 만일 내가 온갖 색깔을 볼 수 있는 눈을 가졌다 해도 서책을 읽지 못하는 까막눈이라면 무슨 수로 내 마음을 다스릴 수 있을 것인가.

– 안소영 지음, 『책만 보는 바보』 중에서

이덕무의 집은 가난했다. 그러나 공부를 게을리 하지 않고, 책을 읽고 또 읽었다. 혼자 중얼거리며 책만 읽어 주위 사람들이 바보라고 놀릴 정도였다. 그래서 스스로를 '책만 보는 바보'라는 뜻을 가진 '간서치看書癡'라고 부르기도 했다.

이덕무는 책 읽기의 이로움에 대해 이렇게 말했다.

첫째, 배고플 때 책을 읽으면 소리가 두 배로 낭랑해져서 배고픔을 느끼지 못한다. 둘째, 추울 때 책을 읽으면 소리의 기운이 스며들어 떨리는 몸이 진정되고 추위를 느끼지 못한다. 셋째, 마음이 괴로울 때 책을 읽으면 눈과 마음이 책에 집중되어 천만 가지의 걱정 근심이 모두 사라진다. 넷째, 기침병을 앓을 때 책을 읽으면 소리가 목구멍을 시원하게 뚫어 주어 기침이 싹 사라진다.

– 안소영 지음, 『책만 보는 바보』 중에서

정조 임금이 규장각을 설치하여 서얼출신의 뛰어난 학자들을 등용할 때 박제가, 유득공, 서이수 등과 함께 검서관으로 발탁되었다. 규장각은 나라에서 여러 자료를 모으고 책을 만드는 곳이고, 검서관은 규장각의 책을 정리하고 연구하는 직책이다.

이덕무는 검서관으로 있으면서 마음껏 책을 읽을 수 있었다. 이후 쉰세 살의 나이로 세상을 떠났다. 그의 죽음을 안타까워한 정조 임금은 그가 남긴 글을 모아 책을 만들라고 어명을 내렸다. 그렇게 해서 나온 책이 『아정유고雅亭遺稿』다. 여기에 평소에 지은 다른 글들을 모아 합친 책이 『청장관전서』이다.

이덕무의 아들 이광규 또한 아버지의 뒤를 이어 검서관으로 활약했다. 이덕무는 원도 한도 없이 평생 책에 파묻혀 책을 읽었다. 그의 노력과 정신이 지금 우리에게 서늘하게 전해지고 있다.

선진 문명을 인정하고 겸손하게 배워라
– 초정 박제가 (1750~1805)

『북학의北學議』는 1778년(정조 2년) 실학자 박제가가 청나라의 풍속과 제도를 시찰하고 돌아와서 그 견문한 바를 쓴 책이다. '북학'이란 『맹자』에 나온 말로, 중국을 선진 문명국으로 인정하고 겸손하게 배운다는 뜻을 담고 있다. 박제가는 청년 시절부터 시인으로 유명해 연경에까지 명성을 날렸다. 그는 채제공의 배려로 연경에 갈 수 있었다. 그는 그곳에서 그 동안 연구해 왔던 것을 실제로 관찰, 비교할 수 있는 절호의 기회를 얻었다. 그래서 자신이 연구한 것과 3개월의 청나라 여행, 1개월 동안 연경 시찰에서 직접 본 경험적 사실에 대한 자신의 견해를 더해 집필한 책이 『북학의』다.

박제가는 11세 때 부친을 여의고 홀어머니와 함께 살았다. 집안은

몹시 가난했다. 그렇지만 어머니는 반드시 아들이 성공할 것이라 믿고 삯바느질을 해가면서 아들의 뒷바라지에 최선을 다했다. 아들의 친구들이 오면 술과 안주를 내주며 대접했다. 이런 어머니의 헌신 덕분으로 박제가는 마음껏 책을 읽고 여러 지역을 다니며 조선의 현실을 목격했다.

박제가는 이덕무, 유득공, 이서구 등 한동네에서 사는 절친한 서얼출신의 친구들과 의기투합했다. 13세 연상인 연암 박지원을 스승으로 모시고 제자가 되어 실학을 공부했다. 그들은 스승으로부터 청나라 문물을 전해 듣고 동경했다. 하지만 학문을 닦아도 쓸 데가 없는 신분을 한탄하며 술과 시로 세월을 보냈다.

그런데 절망이 희망으로 바뀐 사건이 발생했다. 박제가의 나이 27세 때 유득공의 숙부인 유탄소가 그들 네 사람이 쓴 시문을 선별하여 연경에서 「건엽집」이란 문집을 간행했다. 그 책을 본 청나라에서 명망 높은 문인 이조원이 감탄했다.

"어허! 대단한 실력이오. 해동에 이런 문장가가 있단 말이오? 도대체 어떤 인물들이오?"

청나라 대가에게 인정을 받은 것이다. 유탄소는 흥분을 가라앉히며 말했다.

"제 조카와 친구들인데 넷 다 서얼출신입니다. 벼슬에 나아가지 못하고 책을 읽고 글을 쓰며 세월을 보내고 있습니다."

"대가들에게 무슨 신분타령이오. 정말 한번 만나보고 싶구려."

이 이야기가 조선 땅에 널리 알려졌다. 네 사람은 당대 시문 4대가(4가시인)로 불렸다. 청나라에서는 시문도 문사로 대접해 주는구나. 감격한 박제가는 이조원에게 편지를 써서 보냈다.

'심부름꾼이라도 좋으니 연행 사절단에 끼어 가고 싶습니다. 선생님을 뵙고 가르침을 받고 싶습니다. 중국의 산천을 둘러보고 문물제도를 보고 배우고 싶습니다. 그럴 수만 있다면 조선에 돌아와서 이름 없는 농부로 늙어도 한이 없겠습니다.'

이 말이 조선의 개혁군주 정조의 귀에 들어갔다. 정조는 채제공을 시켜 그들을 발탁했다. 1778년 3월, 박제가는 유득공과 함께 사은사 채제공의 수행원으로 꿈에 그리던 연경에 들어갈 수 있었다. 청나라에 도착한 박제가는 이조원을 찾아가 신학문을 배우고 청국의 선진 문물을 견학했다.

청나라 발전된 문물의 내용을 보고 듣고 기록하여 조선에 돌아와 『북학의』, 「내외편」을 기록하는 데 혼신을 다했다. 정조는 1779년 3

월, 박제가는 이덕무, 유득공, 서이수 등과 함께 서얼 출신 선비들을 규장각 검서관 직책으로 불러 들였다. 당시 서얼로서는 파격적인 벼슬이었다.

검서관이라는 직책은 본래 어제일록이나 일성록 등을 복사하고 편집하는 것이 주임무다. 하지만 그들은 규장각의 많은 장서를 마음껏 펼쳐볼 수 있었고 임금을 보좌하고 독대할 수 있는 특권까지 주어졌다.

규장각을 통해 친위 관료를 키우는 정조의 지극한 배려로 박제가는 생활에 대한 근심을 잊고 독서와 토론으로 밤을 지새웠다. 박제가는 그후에도 진하사, 동지사를 수행하여 두 차례나 청나라에 다녀오면서 『북학의』에 대한 견해를 가다듬었다.

박제가는 『북학의』, 「내편」에서 차선, 성벽, 궁실, 도로, 교량, 목축 등 39항목의 생활 주변의 기구와 시설을 근대화하자고 주장했다. 「외편」에서는 농잠총론, 과거론, 관론, 녹제, 장론 등 17항목을 통해 농업기술의 개량과 무역 등에 관한 조선의 후진성을 비판하고 개선책을 제시했다. 1786년 박제가는 『북학의』를 대폭 간추려 정조에게 바쳤다. 정조는 그것을 바탕으로 수원 화성 개혁을 추진했다.

양반가의 서자출신은 정체성이 모호하다. 금수저도 아니고 흙수저도 아니다. 신분에 불만을 품고 홍길동처럼 반역을 도모하기는 쉽지 않다. 크게 속 썩이지 않고 신세타령하며 세월을 보내는 것이 일반적이었다. 박제가와 그 친구들은 그것을 극복했다. 독서를 통해, 학문을 통해, 토론을 통해, 스스로의 정체성을 확보했다. 고관대작이 될 수 있는 길은 원천적으로 막혀 있었지만 훌륭한 학자는 될 수 있었다.

빌린 책을 찢어 벽에 붙여 놓다
– 괴애 김수온(1410~1481)

조선 초 3대 문장가로 꼽는 김수온은 충북 영동 출신이다. 아버지 김훈의 네 아들 가운데 셋째다. 첫째 아들은 신미대사다. 김수온은 세종과 세조 때의 편찬 및 번역 사업에 크게 공헌한 인물이다. 세종으로부터 문재를 인정받아 집현전 학사로 임명되었고, 성삼문, 신숙주, 이석형 등과 교우관계를 유지했다. 승려인 맏형 신미대사의 영향으로 불교에도 깊은 지식을 가졌다. 불경 번역과 불사에 관계된 많은 글을 남겼으며, 시와 문장에 뛰어났다. 그는 읽은 글은 반드시 암기했다.

김수온은 자신이 가진 책은 다 읽으면 남에게 책을 빌려서 읽었다. 모두가 그에게 책 빌려 주기를 꺼려했다. 책을 찢어서 읽고 외우는 버릇 때문이다. 책을 한 장씩 찢어 옷소매에 넣고는 오가며 읽고 외우니, 다 외우면 책도 다 찢어지는 셈이다.

한 번은 김수온이 신숙주에게 귀한 책이 있다는 소문을 듣고 빌리러 왔다. 왕이 선물로 준 『고문선』이라는 책이었다. 신숙주는 내키지 않았지만 거듭 조르자 어쩔 수 없이 책을 빌려 주었다. 그런데 책을 빌려간 지 한 달이 지났는데도 소식이 없었다. 신숙주가 그의 집으로 찾아갔다. 그의 방에 가보니 책을 한 장 한 장 뜯어서 천장과 벽에다 빽빽하게 붙여놓았다. 왕이 하사한 귀한 책으로 온통 도배를 한 것이다. 신숙주가 화가 나서 물었다.

"괴애! 이게 무슨 짓인가?"

김수온은 태연하게 대답했다.

"이렇게 하면 내가 누워서도 읽고, 앉아서도 읽고, 서서도 읽을 수 있다네."

신숙주는 말문이 막혀 대꾸를 하지 못했다. 이 정도면 책 읽기, 암기하기의 금메달감이다.

조선의 숭유억불 정책으로 불교가 추락하는 현실을 보고 김수온은 세종을 도와 불교재건에 앞장선 대표적인 재가불자였다. 세종의 왕사 역할을 했던 신미대사와 함께 두 형제는 조선 초기 불교재건과 한글창제에 결정적인 역할을 했다.

집현전 학자들을 중심으로 훈민정음이 창제되었다면 창제 이후 훈민정음으로 간행된 유교 서적이 압도적으로 많아야 할 것이다. 그러나 훈민정음으로 간행된 서적은 90%가 불경이었다.

훈민정음에는 다빈치 코드처럼 불교적 숫자 코드가 깃들어 있다. 훈민정음의 자음 · 모음은 28자다. 책자 훈민정음은 33장으로 구성되어 있다. 훈민정음 한글 어지는 108자다. 한문 어지는 108의 절반 54자다.

사찰에서는 저녁 예불을 올릴 때 33번의 범종을 울린다. 새벽 예불에는 28번을 울린다. 33번은 도리천의 삼십삼천을 상징한다. 3.1운동 때 민족대표 33인도 하늘의 삼십삼천이 도와야 민족의 독립을 이룰 수 있다는 백용성스님의 제안으로 이뤄졌다고 한다.

새벽에 28번 울리는 의미는 윤회하는 세계를 뜻한다. 욕계 6천, 색계 18천, 무색계 4천을 합한 세계를 삼계 28천이라고 한다. 아침. 저녁 울리는 종소리는 지옥의 중생들부터 하늘의 천신의 신들까지 이 소리를 듣고 번뇌가 끊어지고 지혜가 자라나 보리심이 생겨나기를 발원한다. 한글을 보고 배우는 모든 사람들도 무지를 벗어나 지혜로 워지기를 염원했던 창제 동기를 엿볼 수 있다.

불자들이 목에 걸고 손에 쥐고 염불하는 염주는 108개의 열매로 이루어져 있다.

우리 몸은 눈으로 보고, 귀로 듣고, 코로 냄새 맡고, 혀로 맛을 탐

한다. 몸으로는 촉각을 느끼고 의식은 자기를 중심에 두고 분별작용을 일으킨다.

여섯 개의 감각기관을 안 · 이 · 비 · 설 · 신 · 의, 6근이라고 한다. 6근이 보는 대상을 색 · 성 · 향 · 미 · 촉 · 법, 6경이라고 한다. 6근이 6경을 접할 때, 좋다, 싫다, 그저 그렇다 등의 분별작용을 6식이라고 한다. 본래 청정한 성품과 오염된 성품을 염, 정 2문으로 나눈다. 6근 · 6경 · 6식을 더하면 18이 되고 염정 2문을 곱하면 36이 된다. 36이 과거 · 현재 · 미래, 삼세를 곱해서 108번뇌가 된다.

훈민정음의 한글 어지는 108자로 이루어져 있다. 한글을 배우고 깨우침을 얻어 모두가 108번뇌에서 벗어나 보는 눈, 듣는 귀가 밝아지고 깊어지기를 염원했을 것이다.

–훈민정음 창제 당시 28자

자음 17자 : ㄱ·ㅋ· ㆁ, ㄷ·ㅌ·ㄴ, ㅂ·ㅍ·ㅁ, ㅸ·ㅈ·ㅊ, ㅅ·ㅎ·ㅇ, ㄹ·ㅿ

모음 11자 : ㆍ·ㅡ·ㅣ·ㅗ·ㅏ·ㅜ·ㅓ·ㅛ·ㅑ·ㅠ·ㅕ

합계 : 28자

–현재 안 쓰는 글자

ㆁ ㅸ ㅿ ㆍ : 4개

–훈민정음 한글 어지

世·솅宗종御·ᅌᅥᆼ製·졩訓·훈民민正·졍音ᅙᅳᆷ

나·랏 : 말ᄊᆞ·미 中듀ᇰ國·귁·에 달·아 文문字·ᄍᆞᆼ·와로 서르 ᄉᆞᄆᆞᆺ·디 아·니ᄒᆞᆯ·ᄊᆡ ·이런 젼·ᄎᆞ·로 어·린 百·ᄇᆡᆨ姓·셔ᇰ·이 니르·고·져 ·호ᇙ ·배 이·셔·도 ᄆᆞ·ᄎᆞᆷ:내 제 ·ᄠᅳ·들 시·러 펴·디 :몯ᄒᆞᇙ ·노·미 하·니·라 ·내 ·이·ᄅᆞᆯ 爲·윙ᄒᆞ·야 :어엿·비 너·겨 ·새·로 ·스·믈여·듧 字·ᄍᆞᆼ·ᄅᆞᆯ ᄆᆡᇰ·ᄀᆞ노·니 :사ᄅᆞᆷ:마·다 :ᄒᆡ·ᅇᅧ :수·ᄫᅵ 니·겨 ·날·로 ·ᄡᅮ·메 便뼌安한·킈 ᄒᆞ·고·져 ᄒᆞᇙ ᄯᆞᄅᆞ·미니·라

– 현대어 풀이

우리나라의 말이 중국과 달라 한자와는 서로 통하지 아니한다. 이런 까닭으로 어리석은 백성이 말하고자 하는 바가 있어도 마침내 제 뜻을 펴지 못하는 사람이 많다. 내가 이것을 가엾게 생각하여 새로 스물여덟 글자를 만드니, 모든 사람으로 하여금 쉽게 익혀서 날마다 쓰는 데 편하게 하고자 할 따름이다.

–훈민정음 한문 어지는 108의 반수인 54자로 구성되어 있다

國之語音이 異乎中國ᄒᆞ야 與文字로 不相流通ᄒᆞᆯᄊᆡ,

故로 愚民이 有所欲言ᄒᆞ야도 而終不得伸其情者 多矣라.

予 ㅣ 爲此憫然ᄒᆞ야 新製二十八字ᄒᆞ노니, 欲使人人ᄋᆞ로 易習ᄒᆞ야 便

於日用耳니라.

이것은 우연의 일치일까? 아니다. 고도로 계산된 숫자이다. 불교에서 상징화된 숫자를 훈민정음에 적용한 것이다.

다음은 김수온이 그의 큰형님인 신미대사를 생각하며 읊은 시다.

지난해 고향에서 소매 잡고 헤어진 뒤
다시는 뵙지 못하였네.
가을 밤 깊어가고 달빛 고요한데
푸른 산 어디쯤 가부좌를 트셨을까?

그가 남긴 문집『식우집』에는 불교와 차문화를 전해 주는 시가 많다. 그 중 김수온의 높은 정신세계를 엿볼 수 있는 시 한 편을 소개한다.

소나무와 달은 승가의 풍경이고
미혹과 참을 버림이 불가의 원융이라네.
일단의 소식처를 말하려 하지만
스님께서 잠잠하시니 내 할 말을 잊었네.

늘그막에 관직이 한가하여

누추한 집에 누웠더니
찻그릇과 술잔이 남아 있구나.
세상 사람들을 위해 사립문을 열어놓고
아름다운 객을 위해 높은 의자 청소하네.
고요함 속에 석가와 노자를 탐구하고
한가한 중에 시서를 담론하네.
은근히 다시 백련의 모임을 약속하고
한해가 저물 때 서로 좇아 모임을 맺으리.

그는 뛰어난 문장으로 세종을 도와 의학서적인『의방유취』를 편찬하고『금강경』등의 불경을 국역、간행하였다. 복천사지, 상원사 중창기, 사리영응기, 여래현상기, 대원각사비 등 불교관련 뛰어난 기록을 남겼다.

1만 번을 읽고 또 읽은 끈기의 독서가
– 백곡 김득신 (1604~1684)

백곡 김득신은 명문 사대부가의 자손으로서 아버지 김치金緻는 정3품 홍문관 부제학을 지냈다. 할아버지는 임진왜란 때 진주성 대첩에서 혁혁한 공을 세운 김시민 장군이다. 아버지는 노자가 나오는 꿈을 꾸고 아들 하나를 얻었다. 장차 큰 인물이 되길 기원하며 '노자의 꿈을 꾸고 태어난 아이'라는 뜻을 담아 '몽담夢聃'이라는 태명을 지어 주었다. 몽담은 어릴 때 천연두를 앓았다. 머리가 우둔해서 10살이 되어서야 글을 배우기 시작했다.

주변에서는 안 되는 자식은 포기하고 양자나 하나 들이라고 권했다. 사람들은 아둔한 아들에게 욕심을 부린다며 손가락질했다. 그러나 아버지는 아들을 믿었다. 병상에 누워 임종의 순간에도 아들을 격려했다.

아버지는 아들에게 당부했다.

“몽담아, 공부란 꼭 과거를 보기 위해 하는 것이 아니다. 그러니 너는 너의 길을, 너의 공부를 멈추지 마라. 학문의 성취가 늦다고 성공하지 말란 법이 없다. 그저 읽고 또 읽으면 반드시 대문장가가 된다. 그러니 공부를 게을리 하지 마라. 책을 열심히 읽다 보면 뜻을 알게 되고 외울 수 있다.”

김득신은 아버지의 유언을 실천하기 시작했다. 자신의 부족함을 알고 다른 친구들이 책을 한 번 읽을 때 자신은 만 번을 읽겠다고 결심했다. 읽고, 읽고, 또 읽었다. 책을 잡으면 수없이 반복하여 읽었다. 사마천의 『사기』 중 「백이전」을 1만3천 번을 읽었고, 다른 책들도 1만 번 이상 읽었다.

그의 서재에서는 글 읽는 소리가 끊이지 않아서, 사람들은 서재 이름을 ‘억만재億萬齋’라고 불렀다. 글을 읽을 때 1만 번이 넘지 않으면 멈추지 않았다고 해서 붙여진 이름이라고 한다.

어느 날 김득신은 하인과 길을 가다가 담 밖에서 어떤 선비가 글을 읽는 소리를 들었다. 그는 “글이 아주 익숙한데, 무슨 글인지 생각이 안 나는구나.”라고 말했다. 그러자 하인은 “나으리, 정말 모르신단 말씀이십니까? 이 글귀는 나으리가 평생 읽으신 것이어서 쇤네도 알겠습니다요.”라고 말했다. 그 글은 바로 사마천의 『사기』 중 「백

이전」이었다. 그가 무려 1만3천 번을 읽은 글이었다.

그는 친구들과 함께 정자에 둘러 앉아 시를 주고받았다. 김득신이 "내가 오늘 시를 지으면서 훌륭한 두 구절을 얻었다네."라고 말하자, 한 친구가 그게 뭐냐고 물었다. 김득신은 "삼산三山은 푸른 하늘 밖에 반쯤 떨어지고, 이수二水는 백로주白鷺洲에서 둘로 나뉘었네." 라고 읊으면서 멋지지 않느냐고 물었다. 그러자 그 친구는 그 시가 이백의 「봉황鳳凰」이라고 알려 줬다.

수만 번 외워도 잊어버리고 착각했던 것이다. 그래서 그는 특별한 기록을 했다. 만 번 이상 읽은 책들만 베껴 쓴 독수기讀數記가 바로 그것이다. 매일 읽은 글의 제목과 횟수를 꼼꼼히 기록한 것이다. 오늘날의 '독서일기'와 비슷하다. 거기에는 36개의 고서에 대한 섬세한 평이 담겨 있다. 그는 '「백이전」과 「노자전」을 읽은 것은 글이 드넓고 변화가 많아서였고, 「의금장」과 「중용서」를 읽은 것은 이치가 분명하기 때문이며, 「백리해장」을 읽은 것은 말은 간략한데 뜻이 깊어서였다. 이러니 여러 편의 각기 다른 문체 읽기를 어떻게 그만둘 수가 있겠는가?'라고 썼다.

김득신은 이런 노력 끝에 매우 늦은 나이인 59세에 문과에 급제하여 성균관에 입학했다. 그러나 조선최고의 '오언절구'와 '칠언절구'의 시인이 되었다. '고목은 찬 구름 속에 잠기고, 가을산에 소낙비가

들이친다. 저무는 강에 풍랑 이니, 어부가 급히 뱃머리 돌리네.'라는 구절로 시작하는 그의 절구 시 '용호龍湖'를 보고 조선 17대 왕 효종은 "당시唐詩 속에 넣어도 부끄럽지 않도다."라고 칭찬했다. 서계 박세당은 '그는 옛글과 남의 글을 다독했음에도 그것을 인용하지 않고 자기만의 시어로 독창적인 시 세계를 만들었다'라고 했다.

김득신은 스스로 지은 묘비에 이런 글귀를 남겼다. '재주가 남만 못하다고 스스로 한계를 짓지 마라. 나보다 어리석고 둔한 사람도 없겠지만 결국에는 이룸이 있다. 모든 것은 힘 쓰는 데 달렸을 따름이다.'

어릴 때 바보 같다는 놀림을 받았던 김득신은 엄청난 독서와 필사(베껴쓰기)를 통해 조선 최고의 시인으로 이름을 날릴 수 있었다. 여러 벼슬을 거치면서도 늘 책에서 배운 대로 말하고 행동했다. 세상에 이름을 드러내는 것보다는 묵묵히 책을 벗 삼아 살았다. 자식을 향한 아버지의 믿음과 아들의 노력이 아름다운 결실을 맺었다.

'조선의 독서가' 란 수식이 붙은 김득신의 7가지 독서법은 이렇다.

1. 어려워도 끝까지 포기하지 마라.
2. 부족함을 느끼고 반복해서 읽고 또 읽어라.
3. 글을 잘 쓰려면 좋아하는 문장을 모방하라.
4. 성실하고 끈기 있게 공부하면 꿈은 이뤄진다.

5. 글에 리듬을 얹어 소리 내어 읽어라.

6. 책의 기운을 흡수하는 양기 독서를 하라.

7. 책에서 풍기는 가락을 따라 책을 읽어라.

– 서상훈 지음, 『나를 천재로 만든 독서법』 중에서

6장
독서와 책에 관련된 이야기들

독서인생에 관련된 명구

♣ 위편삼절 韋編三絶

공자가 『주역』을 여러 번 읽어 책을 맸던 가죽 끈이 세 번 끊어졌다는 고사에서 유래했다.

♣ 형설지공 螢雪之功

진晉나라의 차윤과 손강이 반딧불과 눈(雪)의 빛으로 책을 읽었다는 고사에서 유래한 말이다.

♣ 독서 삼여 讀書三餘

책을 읽기에 좋은 세 가지의 여가는 겨울, 밤, 비가 내릴 때다.

♣ 독서 삼도 讀書三到

효과적인 독서법은 심도心到, 안도眼到, 구도口到다. 즉, 눈으로 잘 보고, 입으로 잘 읽고, 마음으로 잘 이해하라는 것이다.

♣ 독서 백편 의자현 讀書百遍義自見

책을 백 번을 읽으면 그 뜻이 저절로 통한다.

♣ 수불석권 手不釋卷

손에서 책을 놓지 않음. 송나라 사마광司馬光은 어려서부터 책을 놓지 않고 독서했다.

독서삼매경의 어원

'독서삼매'는 책을 읽을 때는 주위 환경에 휘둘리지 말고 정신을 집중하라는 말이다. 독서 삼매경에 빠진다는 것은 독서에 푹 빠져들어 다른 것에 정신이 가지 않는 마음의 경지를 가리키는 말이다. 다른 잡념을 떠나서 오직 하나의 대상에만 정신을 집중하는 경지에 이르렀을 때 참 지혜를 얻고 진리를 탐구할 수 있을 것이다.

독서삼매에서 '삼매(三昧)'의 어원은 중국 한자말이라고 생각하기가 쉽다. 그러나 이것은 중국 한자에서 온 용어가 아니고 인도 불교에서 유래한 용어이다. '삼매'는 본래 불교 용어로 산스크리트 어 '삼마디samadhi'의 한자 표기이다. 이 말은 '마음을 한 곳에 집중한다'는 뜻으로 이 '삼마디'의 경지는 곧 선의 경지와 같은 것이다.

'삼마디Samādhi'는 한자어로 삼마지三摩地나 삼마제三摩提, 삼매지三昧地 등으로도 음역했다. '삼매'라는 말은 불교에서 수행법으로, 마음을 하나의 대상에 집중시켜 감각적 자극이나 그 자극에 대한 일상적 반응을 초월하는 상태를 유지하는 것이다. 따라서 삼매에 빠지면 옆에서 벼락이 쳐도 모르는 정도이고 삼도三到의 경지에 이른 것을 의미한다.

불교에서는 심일경성心一境性이라 하여, 마음을 하나의 대상에 집중하는 정신력을 말한다. 일체의 자아나 사물이 공임을 깨닫는 공삼매空三昧이고 공이기 때문에 차별의 특징이 없음을 관찰하는, 즉 무상삼매無相三昧이다. 무상이기 때문에 원해서 구할 것이 없음을 관찰하는 무원삼매無願三昧의 삼매인데 이것은 아함경시대에 설파되었다.

독서치료

독서치료는 책을 통해 사람들의 정서적 사회적 정신적 부적응 문제를 치료하고자 하는 임상상담의 한 분야이다. 현대의 불확실성 시대를 살아가는 사람들은 다양한 이유로 인하여 심리적 고통을 당하고 있다. 정신적 안정을 찾기도 전에 또 다른 스트레스가 연속적으로 몰려온다. 견디다 못해 탈출구를 찾다가 자살하는 사람이 늘어나고 있어 심각한 사회문제가 되고 있다.

20세기에 들어와 독서치료에 대한 관심이 활성화되게 된 데에는 분명한 사회적 이유가 있다. 전 지구적 차원에서 자본주의 문명이 맹렬하게 발전해왔음에도 불구하고 오히려 인간의 정신건강은 다양한 위기적 징후를 드러내고 있다. 특히 급속도로 변화되어가는 사회환경과 나날이 치열해지고 있는 경쟁적 삶의 원리 속에서 부적응의 고통을 호소하는 현대인의 수가 급증하고 있는 형편이다. 이와 더불어 인간의 정신문제에 대한 관심이 높아지고 있다. 이 현상에 발맞추어 독서치료의 이론과 방법도 계발, 발전되고 있다.

독서치료는 책을 읽을 때 독자의 마음속에서 다음과 같은 세 가지의 사건이 일이 일어나기 때문에 치료의 효과가 일어난다.

첫 번째, 동일화 즉 감정이입단계: 독자가 책 속의 내용이나 주인공의 상황과 환경에 대하여 자신의 환경이나 상황과 일치점을 찾게 되어 공감하게 되어 감정이입단계에 들어간다. 한마디로 독자가 책 속으로 들어간다.

두 번째, 카타르시스의 원리: 독서치료에서 카타르시스는 독자가 책 속의 등장인물의 감정, 사고, 성격, 태도에 대한 감상을 문장으로나 말로 표현시키는 감상의 고백을 말한다. 독자의 내면에 숨겨진 억압된 감정을 정신분석적 상담을 통해 발산시켜주므로 치료가 이뤄진다.

세 번째, 통찰: 독자가 스스로 깨달아가기도 하고 독서치료사가 새로운 목표의 방향으로 움직이도록 적극적으로 유도해나가 독서치료 상담관계를 종결하는 것이다.

독서가 사고방법이나 감정, 행동의 교정, 혹은 정신적, 육체적 질

병에 효과가 있다는 사실은 이미 고대로부터 잘 알려져온 사실이다. 아리스토텔레스는 그의 저서『시학』속에서 '카타르시스'론을 제시하면서 문학을 비롯한 여타 예술 장르들이 정신치료 기능을 갖고 있다는 점을 제시했다. 의사가 약과 함께 도덕서, 성서, 코란, 불경과 같은 종교서를 처방했던 예들도 있다.

독서와 시간관리

누가 시간을 낭비하면서 살까? 우선순위가 없는 사람, 과거나 미래에 대한 쓸데없는 생각에 잠기는 사람, 회의준비가 부족한 사람, 우편물 처리를 요령 있게 못하는 사람, 스케줄을 잘못 세우는 사람, 책상에 잡동사니를 쌓아놓는 사람, 거절하지 못하는 사람, 잘 잊어버리는 사람, 그리고 너무 많은 계획을 세우는 사람이다.

독일 청소년의 독서습관에 관한 연구 결과에 의하면, 독서를 많이 한 사람은 어린시절 가정 내에서 독서에 유리한 조건을 갖추고 있었다. 그리고 독서에 열심인 사람들은 어린시절에 책 선물을 많이 받았거나 책에 대해 자주 이야기를 들었다.

독일에서는 30여 년 동안 진행되고 있는 독서경연대회가 있다. 학생들에게 책의 내용을 요약한 것을 낭독하게 하는 것이다. 책읽기와 함께 낭독의 중요성을 강조한다. 즉 어린이들은 낭독을 통해 상상력과 창조성을 자극 받는다는 것이다.

책을 읽기 위해 어떻게 시간을 내야 할까?

리디아 로바츠가 쓴 『책을 읽기 위한 시간을 얻는 법』이란 글에 다음과 같은 도움말이 있다.

♣ 말을 적게 하라.

♣ 가방에 책을 넣고 다녀라.

♣ 밤에 당신 베개 밑에 책을 넣어두고 잠이 안 오면 그것을 읽으라.

♣ 매일 아침 15분만 일찍 일어나서 책을 읽으라.

♣ 부엌에 있을 때나 혹은 전화를 걸 때 지니기 간편한 책을 지녀라.

♣ 시간을 잘 지키지 않는 사람과 시간 약속을 했을 경우에는 책을 가지고 가라.

♣ 병원 의사나 변호사를 만나러 갈 때는 책을 가지고 가라.

♣ 교통이 혼잡할 때나 차 수리를 하는 동안 기다리는 시간을 위해서 당신 차에 아직 읽지 않은 책을 넣어 두라.

♣ 여행 다닐 때 꼭 책을 소지하고 가라. 옆에 앉은 사람과 잡담하지 않을 것이다.

♣ 당신의 손 안에 있는 책 한 권은 서점에 꽂힌 천 권의 책보다 값이 있다는 사실을 기억하라.

도서와 출판의 기원

인류의 문화와 기술문명을 기록, 보존하고 전달함으로써 이를 확대 재생산하여 오늘의 발전을 이룩해 온 데에는 예로부터 언어의 표기 수단인 문자와 기호의 사용이 크게 기여해 왔다. 언어는 시간적으로 오래 지속되지 못하고 공간적으로 널리 전파되지 못하기 때문에 이러한 단점을 보충하기 위하여 여러 가지 기호를 사용하여 기록하게 되었다.

이러한 기록은 의사소통의 매체로서 보존성과 전승성이 확보되어 자연현상 · 사회현상이나 사물의 작용을 정확하게 파악하고 이를 활용하는 데 큰 도움이 되었다. 이와 같은 문자와 기호를 담아 전하는 책을 다수 복제하여 문화와 기술문명의 보존성과 전승성을 극대화하는 데 공헌해 온 출판의 역할은 크다.

문자 발생 초기에는 나무나 돌, 바위 또는 짐승의 뼛조각 등에 선이나 동그라미를 새기기도 하고 결승結繩이나 색패色貝의 방법을 사용하기도 했다. 고대 중국과 페루, 멕시코 등지에서는 결승문자가 널리 사용되었고, 북아메리카 인디언들은 색패를 사용해서 의사소통을 하였다.

세계 여러 곳에는 구석기시대의 알타미라 동굴벽화와 같은 원시그림 형태의 유적이 산재해 있으며, 우리나라에서도 청동기시대에 여러 동물을 새긴 울산 반구대 암각화가 발견되었다.

문화 전달의 기본적인 방법이며 출판의 가장 중요한 수단인 문자는 우리나라에서도 일찍부터 사용되어, 이미 고조선 때에 '신지문자神誌文字'가 사용되었다고 전한다. 한자는 고조선 후기부터 사용되었고, 이두는 삼국시대부터 사용되었으며, 훈민정음은 1443년(세종 25년)에 창제되고 1446년에 반포되었다.

문자는 여러 가지 재료에 기록되어 시간적으로 오래도록, 공간적으로 널리 전해졌다. 그림글자는 동굴이나 무덤 등의 벽에, 이집트 상형문자는 파피루스에, 수메르의 설형문자는 점토판에, 알파벳은 파피루스나 양피지에 기록되었다.

파피루스는 사방 30㎝짜리 한 장에 글자를 많이 쓸 수 없으므로 20~30장을 이어 붙여서 두루마리로 만들었다. 양피지 두루마리는 기원전 170년경부터 6세기경까지 로마를 중심으로 책의 주류를 형성했다.

한자는 죽간竹簡 · 목독木牘 · 비단(기원전 1200년경) 등에 기록되었다. 중국에서는 기원전 3세기 진秦나라 시대에 죽간이나 목독을 사용한 책이 출현했다. 이것은 편찬과 편집의 기원이라고 할 수 있다. 또 경전의 글을 돌에 새겨 탑본을 만드는 석경石經도 사용되었는데, 이것은 인쇄의 기원이라고 할 수 있다.

고대 그리스에서는 기원전 5세기부터 서점이 출현하고, 로마에서는 기원전 207년에 사자생寫字生의 동업조합이 형성되었다. 이것은 이때 이미 책의 다수 복제와 유통, 즉 출판이 출현했음을 말해 준다.

현대 출판의 발전과정

1945년 8월 15일 광복 전부터 주요 출판사로는 영창서관 · 덕흥서림 · 박문서관 · 정음사 · 삼중당 · 한성도서주식회사 등이 있었다. 광복 후에는 출판사 수도 150여 개로 증가했다. 을유문화사 · 고려문화사 · 동지사 · 백양당 · 민중서관 · 수선사 · 탐구당 · 동명사 · 동국문화사 등이 활발한 출판활동을 전개했다.

조선교학도서주식회사는 1945년에 『한글첫걸음』(조선어학회), 『사정한 조선어표준말 모음』(조선어학회), 1946년에 『국사교본』(진단학회) 등을 출판했다. 1946년에는 『조선사연구초』(신채호, 연학사), 『여요전주麗謠箋註』(양주동, 을유문화사), 『백록담』(정지용, 백양당), 『청구영언』(김천택 찬, 주왕산 교정, 통문관) 등이 출판되었다.

1947년에는 『중등문범』(박태원 편, 정음사), 『한글독본』(정인승 편, 정음사), 『조선민족설화의 연구』(손진태, 을유문화사), 『님의 침묵』(한용운, 한성도서주식회사), 『백범일지』(김구, 백범일지출판사무소), 『이춘풍전』(김영석, 조선금융조합연합회), 『양반전』(박지원 저, 이석구 역, 조선금융조합연합회), 『병자록丙子錄』(나만갑 저, 윤영 역, 정음사) 등이 출판되었다.

1948년에는 『춘원서간문범』(개명서점), 『문장강화』(이태준, 박문출판사), 『조선상고사』(신채호, 종로서원), 『그날이 오면』(심훈, 한성도서주식회사) 등이 출판되고, 1949년에는 『조선신문학사조사』(백철, 백양당), 『국문학사』(조윤제, 동국문화사), 『조선유학사』(현상윤, 민중서관), 『소설작법』(이무영, 동진문화사), 『한양가漢陽歌』(송신용 교주, 정음사) 등이 출판되었다.

1947년에는 조선출판문화협회(지금의 대한출판문화협회)가 창립되었다. 한국의 출판계는 1948년 8월 15일 대한민국 정부가 수립되어 헌법에 의해 출판의 자유를 보장받아 출판활동을 하게 되었다.

1957년 1월 28일에는 '저작권법'이 공포되고, 1961년 12월 30일에는 '출판사 및 인쇄소의 등록에 관한 법률'이 공포되었다. 이 기간의 발행 종수는 1951년의 약 1,000종 격감만 제외하고는 대체로 1,000종에서 1,700여 종 사이를 오르내려 크게 신장되지는 못했으나 현상 유지는 계속되었다.

출판 경향은 초기에는 정치, 사회 분야를 주로 한 사회과학 등의 도서가 많았으나 점차 감소되고 판매가 확실한 교재 출판이 증가했다. 1960년대와 1970년대는 전반적으로 출판계가 정착되고 급성장한 시기이다. 1961년에 정부는 '조국근대화'를 표방하여 각 분야와 더불어 출판계도 개혁이 진행되었다.

1970년대에는 출판계의 지속적인 성장과 균형 있는 발전을 위해 양서 출판 지원과 국민독서추진운동 등 적극적인 '출판 진흥정책'을 추진했다. 그리하여 연간 발행 종수가 1960년대 10년간 2,000종대를 유지해오다가 1970년대에 들어 급신장하여 마침내 1976년에는 1만 종을 넘어섰다.

이 시기의 출판 경향은 상업 위주의 출판물이 양산되고 출판의 기업화를 위한 제도적인 배경이 법제화 되었으며, 문고본 출판이 성행하고 생활의 여유로 고급 전집물이 애용되었다.

이러한 출판현상은 이 시기의 경제 성장정책 추진으로 인한 경제의 전반적인 성장, 국민소득의 향상, 교육의 보편화에 따른 산업화, 도시화, 문맹률의 감소, 대중매체의 보급, 새로운 출판기술의 도입 등 대중화현상이 촉진된 것을 배경으로 하고 있다.

이 시기에는 세계적으로 문고본 출판이 성행하여 대량 생산과 보급이 가능해지고 영향력도 증대하여 이를 '책의 혁명'이라고까지 일컬었다.

세상에서 가장 큰 책, 가장 작은 책

가장 큰 책은 가로 1066㎜, 세로 1524㎜, 무게 50㎏의 『부탄BHUTAN』. 히말라야의 소국 부탄의 역사, 문화, 자연을 렌즈에 담은 사진집이다. 부탄 지원금을 받고 미국의 '프렌들리 플래닛'이 500부 한정의 주문 제작방식으로 생산했다.

가장 작은 책은 스코틀랜드 자장가를 담은 가로, 세로 1㎜의 『올드 킹 코울OLD KING COLE』, 5년여의 테스트 끝에 1985년 스코틀랜드의 '더 글레니퍼 프레스'에서 85부 한정판으로 제작했다.

세상에서 가장 값비싼 책 Top10

◈ 10위

『유리즌의 첫 번째 시』, 250만 달러(약 30억 원)

영국의 화가이자 시인인 윌리엄 블레이크가 자신의 상징체계에 따라 제작한 신화의 1권으로 1794년에 출판된 작품이다. 역사적, 심리학적으로 중요한 가치를 지니고 있다. 현존하는 8권 중 하나가 1999년 소더비 경매에서 250만 달러에 낙찰됐다.

◈ 9위

『음유시인 비들의 이야기』, 398만 달러(약 47억 6천만 원)

전세계에서 가장 많이 팔린 책 중 하나인 조앤 롤링의 해리포터

시리즈에 등장하는 책으로 책의 장식이나 문자, 그림 모두 장인의 손을 거쳐 수작업으로 만들어졌다. 총 7권이 제작되어 소더비 경매에서 팔려나갔다.

◈ 8위

『지리학』, 400만 달러(약 47억 8천만 원)

고대 그리스의 천문학, 수학, 지리학, 점성학에 능통했던 클라우디오스 프톨레마이오스가 집필한 지리학 저서다. 세계 최초로 경위선을 이용한 지도책으로 알려져 있다. 정확하지는 않았지만 15세기 대항해시대까지 영향을 미쳤다. 부정확한 지도 때문에 콜럼버스가 아메리카 대륙을 발견하는 계기가 되었다는 설도 있다.

◈ 7위

『과수론』,450만 달러(약 53억 8천만 원)

과일에 관해 쓴 책 중 가장 비싼 책이다.

글 : Henri Louis Duhamel du Monceau

그림 : Pierre Antoine Poiteau, Pierre Jean François Turpin)

◈ 6위

『구텐베르크 성경』,490만 달러(약 58억 6천만 원)

세계 최초의 인쇄 성경이다. 15세기에 독일의 요하네스 구텐베르크가 활판 인쇄 기술을 이용해 만들었다. 현재 48권이 존재한다.

◈ 5위

『퍼스트 폴리오』, 600만 달러(약 71억 8천만 원)

영국의 대문호 윌리엄 셰익스피어의 희곡을 정리해 출판한 첫 작품집이다. 1623년 출판 당시의 가격은 1파운드였다.

◈ 4위

『켄터베리 이야기』,750만 달러(약 89억 7천만 원)

14세기 영국의 시인 제프리 초서가 쓴 이야기책이다. 중세 문학을 대표하는 걸작으로 평가 받고 있다.

◈ 3위

『미국의 조류』, 1,150만 달러(약 137억 6천만 원)

북미의 조류를 자연 환경 속에서 매우 사실적으로 묘사한 박물관 화집의 걸작으로 평가 받는다. 이 책은 미국의 화가이자 조류연구가인 존 오듀본이 1838년에 출간했다. 높이만도 무려 1미터가 넘는다.

◈ 2위

『헨리 사자의 복음』, 1,170만 달러(약 140억 원)

12세기에 성 베네딕트에 의해 제작되었다. 50페이지의 그림을 포함해 총 266페이지로 구성되어 있다.

◈ 1위

『The Codex Leicester』, 3,080만 달러(약 368억 5천만 원)

르네상스 시대를 대표하는 천재, 레오나르도 다빈치가 약 40년 동안 쓴 노트 중 하나다. 1506년부터 1510년 사이에 만들어진 것으로 추정되고 있으며, 수리학과 천문학에 대한 연구가 적혀 있다. 1994년에 마이크로 소프트의 빌 게이츠가 구입했다.

단 4부를 만들기 위해 인쇄한 책

조선왕조실록이다. 조선왕조실록은 태종13년(1413) 필사본으로 태조실록을 편찬하면서 시작되었다. 그 뒤 세종 때에는 동활자로 4부를 인쇄하여 서울의 춘추관을 비롯하여 충주사고 · 성주사고 · 전주사고 등 지방에 분산 보관했다. 이는 화재와 외침에 대비하여 실록을 안전하게 보관하기 위함이었다.

임진왜란 때 세 곳 사고에 보관된 실록이 모두 불타버렸지만, 전주 사고의 것만 안의 · 손홍록 두 사람의 헌신적인 노력으로 내장산에 운반하여 병화를 면했다. 두 사람은 우리나라 문화재 지킴이의 선구자로서 우리 역사에 길이 기억되어야 할 분들이다.

임진왜란 후 조선조정은 1부밖에 없는 실록을 안전하게 보존하기 위하여, 7년간의 전쟁 후 경제적으로 매우 어려운 상황이었지만 실록 재간행을 서둘렀다. 1603년부터 3년에 걸쳐 전주 사고본을 저본으로 다시 4부의 실록을 더 인쇄하여 춘추관과 태백산 · 묘향산 · 마니산 및 오대산 사고에 분산 보관했다. 이 중에서 마니산에 보관된 것은 원래 전주 사고에 보관되어 병화를 면한 것을 그대로 보관하게 되었고, 다른 4부는 새로 인쇄한 것이었다.

오대산 사고본은 임진왜란 후 전주 사고본을 기초로 새로 간행할 때에 인쇄교정을 위해 찍은 교정지를 모아 제책한 것이다. 말하자면 '교정쇄 실록'이다. 그렇다고 오대산 사고에 보관되어 있던 실록이 모두 교정쇄 실록만은 아니다. 교정쇄 실록에 해당하는 부분은 태조 때부터 명종 때까지의 실록 즉 선조실록 이전의 것에 한정되어 있다. 이 실록들에는 주서朱書 혹은 묵서墨書로 교정을 본 흔적이 있어서 다른 네 사고의 실록과는 차이가 있다.

오대산 사고본에는 광해군 때에 편찬한 선조실록부터 철종 때까지의 실록도 보관되어 있었는데, 이것들은 다른 사고의 것과 꼭 같은 정본이다. 오대산 사고본 중 교정쇄 실록은 조선 중기까지의 인쇄교정 기술을 보여 주고 있다는 측면에서도 중요한 의미를 지니고 있다.

조선왕조실록은 우리나라 역사기록의 오랜 전통 위에서 이뤄진 것이다. 삼국시대에 이미 역사기록을 가졌던 우리나라는 고려시대에 역대 왕들의 실록을 이미 편찬하고 있었다. 그 전통이 조선조에 이르러 역대 왕의 사후에 실록을 편찬하는 것으로 이어졌다. 평소에 사관들은 왕의 동정을 비롯하여 왕에게 올라오는 상소, 서장관의 견문, 국가의 예악, 형정 제도에 관한 대·소관청의 보고문서 등 국가에서 시행한 업무들을 빠짐없이 기록 점검하여 연월일순으로 정리했다.

이 시정기時政記를 중심으로 뒷날 실록 편찬을 위한 사초史草를 만들었다. 왕이 승하하면 춘추관을 중심으로 실록청을 만들어 사초들을 총 동원하여 실록을 편찬 간행했다.

세종대에 와서 국왕도 실록을 마음대로 볼 수 없도록 제도화했다. 그런 조선왕조실록을 이제 국민들이 마음대로 볼 수 있게 되었다. 국사편찬위원회의 인터넷 홈페이지(www.history.go.kr 또는 sillok.history.go.kr)를 통해 세계 어느 곳에서나 원문과 번역문을 함께 무료로 열람·검색할 수 있다.

가장 많이 도난 당하는 책

가장 많이 도난 당하는 책은 성경이다. 성경책의 가격이 비싼 게 원인으로 지목된다. 성경책의 경우 중고 책방에서도 높은 가격으로 되팔 수 있어 절도의 표적이다. 출판계 관계자는 '성경책의 경우 가격이 보통 2만 원대에 비싼 것은 10만 원에 육박해 일반 책에 비해 가격이 높다'며 '다른 책보다 중고거래도 활발하게 이뤄지고 있기 때문에 절도의 타깃이 되기 쉽다'고 설명했다.

성경책 절도는 한국만의 문제는 아니다. 미국에서도 성경책 절도 문제가 심각해서 '세상에서 가장 많이 도둑맞은 책은 성경'이란 말까지 있다. 미국의 언론매체에서는 성경책을 훔치는 이유에 대해 '장물로 내다 팔기가 쉽고, 성경책의 가격이 매우 높기 때문'이라고 한국에서와 같은 분석을 내놨다.

출판사의 출판 거절 사례

『해리포터』 시리즈로 유명한 조앤 롤링은 네 번이나 출판을 거절 당했다. 그녀의 책이 유치해서, 아무도 거들떠보지 않을 거라는 것이 이유였다. 그녀는 현재, 『해리포터』로 2조 원이 넘는 수입을 벌어들인 상태다.

마가렛 미첼의 『바람과 함께 사라지다』는 25군데 출판사로부터 퇴짜를 맞았다. 『바람과 함께 사라지다』는 훗날 전 세계적인 베스트셀러가 되며, 비비안리 주연의 영화로도 제작되었다.

미국 내에서 600만 권이 넘게 팔린 『멀베리가에서 내가 봤다고 생각해봐』라는 제목의 어린이 도서는 출판 전까지, 27군데의 출판사에서 거절 당했다. 소설가 메어리 히긴즈 클라크는 40번이나 거절 당한 뒤에야 원고를 팔 수 있었다. 지금까지 그녀의 책은 전 세계에서 3천만 권이 넘는 판매고를 기록하고 있다.

『영혼을 위한 닭고기 스프』는 뉴욕에 있는 33군데 출판사에서 모두 거절 당했으며, 미국 출판 연합총회에 참석한 90군데 출판사로부터도 출판을 거절 당했다. 현재『영혼을 위한 닭고기 스프』는 전 세계에서 5천3백만 권이 팔린 상태다.

100권이 넘는 서부소설을 써서, 현재까지 전 세계에서 2억 권이 넘는 책을 팔아치운 미국의 베스트셀러 작가 '루이스 라모르'. 그는 자신의 첫 책을 출판하기까지 미국 내 거의 모든 출판사로 부터 350통이 넘는 '출판거절' 편지를 받았다.

『야성의 외침, 암살주식회사』의 작가 잭 런던은, 첫 번째 원고를 팔기 전까지 600통이 넘는 거절 편지를 받았다. 현재 그의 책은 전 세계에서 수천만 권 이상이 팔린 상태다.

전미 도서상을 수상했던, 『스텝스』의 저자 '저지 코진스키'는, 신인작가가 소설을 출판하기에 얼마나 어려운 상황인지 보여 주겠다며, 자신의 소설을 제목과 저자의 이름만 바꾼 후, 『스텝스』를 출판했던 출판사를 포함, 13명의 에이전트와 14곳의 출판사에 원고를 보냈다. 모든 에이전트와 출판사가 출판을 거부했다. 그는 다시 저자의 이름을 바꾸고 출판을 요청했다. 모든 곳에서 출판 제의가 들어왔다.

우리나라의 인쇄술

우리나라의 목판인쇄술은 이미 신라시대에 이루어졌다. 그 간본刊本으로는 경주 불국사 석가탑에서 발견된 「무구정광 대다라니경無垢淨光大陀羅尼經」이 있다. 초기의 목판인쇄술은 신라 말기까지도 이어졌으며, 고려에도 계승되었다.

고려의 숭불정책崇佛政策으로 인해 사찰에 의해 계승 발달했다. 사찰을 통해서 발달된 인쇄술은 11세기 초기에 이르러 마침내 초조대장경을 간행할 수 있는 토대를 구축했다. 고려대장경은 우리나라가 세계에 자랑할 수 있는 문화유산으로 남아 있다.

조선조에 접어들어서도 목판인쇄술의 전개는 계속되었다. 조선조는 본격적인 금속활자 시대이기도 하지만, 중앙의 특수관청 · 지방관

청 · 사찰 · 서원 · 사가私家 등에서 목판인쇄술을 이어받았으며, 구한말까지 우리선조들의 학문연구에 지대한 공헌을 했다.

조선시대에는 금속활자, 목활자, 도활자陶活字 등 많은 종류의 활자가 제작되어 사용되었다. 금속활자는 주자鑄字라고도 하며 금속의 종류에 따라 동활자銅活字, 연활자鉛活字, 철활자鐵活字 등으로 구분된다.

태조太祖는 조선 건국과 동시에 고려의 서적원書籍院제도를 답습하여 고려의 인쇄기법을 계승했다. 태종대太宗代에는 1403년에 주자소鑄字所를 설치하여 본격적으로 금속활자를 만들어 사용했다. 조선시대 주자인쇄의 특징은 국가에서는 필요한 책을 일단 활자로 찍어 중앙과 지방의 관청, 서원, 문신 등에게 주고, 그 가운데 많이 요구되는 것은 다시 목판으로 간행하여 보급하는 방법을 사용했다. 당시 활자 인쇄는 찍어내는 부수가 한정되었기 때문이다.

조선시대에 처음으로 주조한 금속활자는 주자소에서 1403년 계미년癸未年에 동으로 만든 계미자癸未字다. 이후 1856년의 삼주한구자까지 40여 회에 걸쳐 활자를 주조했다. 책을 찍을 때는 오자誤字를 용납하지 않는 등 인쇄과정이 엄격하였다는 것이 경국대전經國大典, 대전후속록大典後續錄 등에 잘 나타나 있다. 조선시대에는 500년 동안 정부가 주도하여 금속활자를 계속하여 만들고, 오자誤字가 없는 훌륭한 책들을 출판하였던 것은 높이 평가할 만한 일이다.

고려대장경高麗大藏經

고려는 불법에 의한 진호국가鎭護國家의 이념 아래 국력을 기울여 방대한 팔만대장경을 새겨 두 차례나 간행했다. 초조대장경初雕大藏經은 거란의 침입으로 나라가 곤경에 빠진 때인, 1011년(현종 2년)에 시작하여 1087년(선종 4)에 완성했다.

그 뒤 대각국사 의천은 4,857권을 정리하여 신편제종교장총록新編諸宗教藏總錄을 엮고 간행하였으니 이것이 속장경續藏經이다. 부인사符仁寺에 간직한 이 두 경판은 1232년(고종 19년) 몽고의 침입으로 소실되었다.

재조대장경再雕大藏經은 1236년(고종 23년)에 시작하여 1251년(고종 38년)에 완성했다. 총 1,511부部, 6,778권 안팎으로 새겨진 81,137목판

木板으로 해인사海印寺에 보관되어 있다. 경판은 후박厚朴나무로 된 가로, 세로 72.6X26.4cm 크기에 14자씩 23줄의 글을 앞뒤로 새겼고, 뒤틀리지 않게 고정쇠와 각목을 끝에 붙였으며 네 귀에는 구리장식을 하고 전체에 칠을 하여 보존관리에 따른 만전을 기해놓았다. 재조再雕대장경은 틀린 글자, 빠뜨린 글자 하나 없을 정도로 완벽하다.

오랫동안 원형 그대로 보존되고 있는 방대한 팔만대장경판은 앞으로도 영원히 그 보존관리에 만전을 기울여야 할 것이다.

책의 학살

◈ 진시황의 분서갱유焚書坑儒

시황제 34년(기원전 213년) 함양궁에서 천하통일을 경축하는 잔치가 열렸다. 그러나 이 잔치에서 오랫동안 곪아온 정치투쟁이 폭발하고 말았다. 시황제의 측근인 주청신周青臣을 비롯한 여러 신하들이 시황의 공덕을 칭송하며 축배를 올렸다. 이때 순우월淳于越이 앞에 나아가 경전을 인용하여 옛것을 찬미하고 현재를 풍자하는 발언을 했다.

승상 이사는 순우월의 발언에 반론을 제기하여 옛것을 빙자하여 현세를 비판하고 인심을 교란시키는 행위는 용서할 수 없다고 비난했다. 사실 순우월의 발언은 국가의 통일과 진왕조의 통치를 강화하기 위한 주장이었으나 이사는 이에 반대하여 더욱 극단적인 탄압책을 써야 한다고 주장했다. 그 주장의 내용은, 진나라 역사 이외의 다른 서적은 모두 불살라 없앨 것, 다시 옛 시서詩書에 대하여 의논하는 자는 사형에 처하고, 옛것을 옳게 여기고 현재를 비판하는 자는 그 일족을 멸할 것 등이었다.

시황제는 이사의 의견을 받아들여 의약, 점술, 농사에 관한 서적만 남기고 모든 책을 불살라버리라고 했다. 이 분서 정책에 대하여 유생들은 크게 불만을 품고 시황제를 비판하는 자가 속출했다. 시황제는 이들 비판 세력을 누르기 위하여 보다 강경한 탄압 정책을 취했고, 마침내 유생들을 생매장하는 사건이 발생하였다. 학자들을 체포하여 그 중에서 4백60명을 생매장했다.

진시황의 분서갱유 때, 공자의 제자들이 공자의 집 벽에 책을 숨겨 놓았다. 후에 공자 집 벽이 허물어지면서 숨겨 놓은 책들이 발견되었다.

◈ 나치의 책 불태우기

1933년 나치의 선전상 괴벨스의 명령에 따라 하이네, 토마스 만, 프로이트, 슈바이처 같은 문호, 석학의 책 수만 권을 도서관에서 끄집어내 광장에 쌓아놓고 불태워버렸다." '비독일 정신에 대항하는 행동' 이라는 명분이었다. 분서에는 나치를 추종하는 훔볼트대 학생과 교수들도 동참했다.

◈ 연산군의 분서

연산군은 무오사화, 갑자사화, 두 번의 사화를 일으키고, 부왕의 후궁마저 죽이고, 선비들을 잡아 죽이자 투서가 날아들었다. 연산군의 악행을 비난하는 '한글(언문)'로 된 투서였다. 이를 본 연산군은 투서자를 잡으라는 어명을 내렸다. 그러나 투서자는 끝내 잡히지 않았다. 이에 분을 참지 못한 연산군은 한글에 보복을 했다. 한글로 된 모든 서적을 불태우고, 훈민정음 원본도 불태웠다. 한글을 쓰는 것은 물론이고 배우고 가르치는 것도 금지시켰다.

선비의 고장 안동의 한 선비가 한글 해례본을 궤짝에 넣어 땅 속에 숨겼다가 1940년에 발견되어 우리에게 전해졌다.

독서 명언

◈ 나를 성공하게 만든 것은 책을 읽는 습관이었다. – 링컨

◈ 내가 만일 책을 읽지 않았으면 전쟁터에서 죽지 않더라도 이름 없는 장수가 되었을 것이다. – 나폴레옹

◈ 책에는 무한한 우주가 들어 있다. – 뉴턴

◈ 책이 있어서 살아갈 가치가 있어 나는 행복하다. – 루소

◈ 독서는 아름다운 이들의 놀이다. – 프란시스 베이컨

◈ 나를 성공하게 만든 두 가지가 있다. 그것은 나의 노력이었고, 책으로부터 얻은 생각이었다. – 빌게이츠

◈ 모든 사람들이 책을 읽는 나라는 지식으로 가득찬다. – 토머스모어

◈ 책은 맛있는 음식만큼 색다르다. – 헤겔

◈ 인생에서 유일하게 행복한 시기라고 한다면 책 읽는 시간이다.

– 쇼펜하우어

◈ 노동자들이여 책을 읽어 사회를 이끌어라. – 칼 마르크스

◈ 책은 지식의 바다이다. – 헤밍웨이

◈ 여자가 책을 읽으면 공주가 되고, 남자가 책을 읽으면 왕이 되네. 이 세계의 신비는 책 속에 있다. – 다윈

◈ 남의 책을 읽는 데 시간을 보내라. 남이 고생한 것에 의해 쉽게 자기를 개선할 수가 있다. – 소크라테스

◈ 나는 독서할 때, 어려운 곳에 부딪쳐도 손톱을 씹으며 생각에 잠기는 일은 없다. 한두 번 보고 알 수 없을 때에는 포기하고 만다. 그 난해한 곳에 집착하면 자기와 시간을 동시에 잃어버리는 결과가 되기 때문이다.
– 몽테에뉴

◈ 어떤 책은 맛보고, 어떤 책은 삼키고, 어떤 책은 씹어서 소화해야 한다.
–베이컨

◈ 독서는 완성된 사람을 만들고, 담론은 기지 있는 사람을 만들고, 글쓰기는 정확한 사람을 만든다. – 베이컨

◈ 좋은 책을 읽는 것은 과거의 가장 뛰어난 사람들과 대화를 나누는 것과 같다. – 데카르트

◈ 독서하고 있을 때에는, 우리들의 뇌는 이미 자기의 활동 장소는 아니다. 그것은 남의 사상의 싸움터다. – 쇼펜하우어

◈ 처음 책을 읽을 때에는 한 사람의 친구와 알게 되고, 두 번째 읽을 때에는 옛 친구를 만난다. – 중국 속담

◈ 책이 없는 궁전에 사는 것보다 책이 있는 마구간에 사는 것이 낫다.
– 스페인 속담

◈ 내가 인생을 알게 된 것은 사람과 접촉해서가 아니라 책과 접하였기 때문이다. – A. 프랜스

◈ 사람은 책을 만들고 책은 사람을 만든다. – 신용호

◈ 책은 한 권 한 권이 하나의 세계다. – W. 워즈워스

◈ 독서란 자기의 머리가 남의 머리로 생각하는 일이다. – 쇼펜하우어

◈ 좋은 책을 처음 읽을 때는 새 벗을 얻는 것 같고, 전에 정독한 책을 다시 읽을 때는 옛 친구를 만나는 것과 같다. – 스미드

◈ 책 속에 모든 과거의 영혼이 잠잔다. 오늘의 참다운 대학은 도서관이다.
– 칼라일

◈ 책이 없다면 신도 침묵을 지키고, 정의는 잠자며, 자연과학은 정지되고, 철학도, 문학도 말이 없을 것이다. – 토마스 바트린

◈ 인간은 한 권의 책을 쓰기 위해 도서관을 절반 이상 뒤진다.
– J. 보즈웰

◈ 기대를 하고 책장을 열고, 수확을 얻고, 책뚜껑을 덮는 책, 이런 책이 진실로 양서다. – A. B. 올컷

◈ 책은 세계의 보물이며, 후세와 국민들이 상속 받기 알맞은 재산이다.
– 소로

◈ 책 없는 방은 영혼 없는 육체와 같다. – 키케로

◈ 그대의 돈을 책을 사는 데 써라. 그 대신에 황금과 지성을 얻을 것이다.
–임마누엘

◈ 나는 뜻밖에 갖게 되는 1분간을 헛되이 보내지 않도록 언제나 작은 책을 주머니에 넣는 것을 잊지 않았다. – 글래스턴

◈ 나는 책을 읽을 때 타인들이 내 책을 그렇게 읽어 주기를 바라는 것처럼 매우 천천히 읽는다. – 앙드레 지드

◈ 기억에 남기려고 애쓰지 말고 다만 기분전환식으로 읽는 것이 훌륭한 독서법이다. 이 방법을 알고 있는 사람은 별로 많지 않다. 이런 독서는 우리들을 기르고 우리들의 정신을 부드럽고 온화하게 한다. – 알랭

◈ 높은 곳에 오르면 마음이 밝아지고, 맑은 냇물에 몸을 적시면 속세를 떠난 것 같으며, 눈 오는 밤 독서에 잠기면 기쁨과 즐거움이 가득 찬다. 이런 취미가 곧 인생의 참다운 모습이다. – 채근담

◈ 독서는 완성된 사람을 만들고 담론은 재치 있는 사람을 만들고 필기는 정확한 사람을 만든다. –F. 베이컨

◈ 독서는 인간을 정신적으로 충실하고 명상으로써 심오하게 해줄 뿐만아니라 영리한 두뇌를 만들어 준다. – 벤자민 프랭클린

◈ 독서만큼 값이 싸면서도 오랫동안 즐거움을 누릴 수 있는 것은 없다.
– 몽테뉴

◈ 돈이 약간 생기면 나는 책을 산다. 그러고도 남는 것이 있으면 음식과 옷을 산다. – 데시데리우스 에라스무스

◈ 두뇌의 세탁에 독서보다 좋은 것은 없다. 건전한 오락 가운데 가장 권장해야 할 것은 자연과 벗하는 것과 독서하는 것 두 가지라 하겠다.
– 도꾸도미 로까

◈ 유익하고 좋은 책부터 읽어라. 그렇지 않으면 나중에 그 책을 읽을 시간이 없을지도 모르기 때문이다. – 소로

◈ 양서를 읽는 것은 지난 몇 세기 동안에 걸친 가장 훌륭한 사람들과 대

화를 하는 것. 사람의 품격은 그 사람이 읽은 책을 통해 판단할 수 있다. 그 것은 마치 친구를 보고 판단할 수 있는 것과 같다. – 스마일즈

◈ 사람의 품성은 마음이 어우러지는 친구, 즉 책을 통해서 알 수 있다.

– 토마스 베일리 올드리치

◈ 세계에서 책만큼 기묘한 상품도 드물 것이다. 그것을 이해하지 못하는 사람들에 의해 인쇄되고, 그것을 이해하지 못하는 사람들에 의해 팔리고, 그것을 이해하지 못하는 사람들에 의해 장정되고 검열되고 읽힌다. 또한 게다가 그것을 이해하지 못하는 사람들에 의해 쓰여지는 것이다.

– 게오르 리히텐베르크

◈ 쓸데없는 생각이 떠오를 때는 책을 읽어라. 쓸데없는 생각은 비교적 한가한 사람들이 느끼는 것이지 분주한 사람이 느끼지 않는다. 한가한 시간이 생길 때마다 유익한 책을 읽어 마음의 양식을 쌓아야 한다. – 처칠

◈ 신이 인간에게 책이라는 구원의 손을 주지 않았더라면, 지상의 모든 영광은 망각 속에 되묻히고 말았을 것이다. – 리처드 베리

◈ 입으로 읽지 말고 뜻으로 읽으며, 뜻으로 읽지 말고 몸으로 읽자.

– 불경

◈ 아이디어를 듬뿍 주고 영감을 불러일으키는 책을 읽어라.

– 앤드류 매튜스

◈ 지금까지 인류가 행하고 생각하고 획득하고 또 있어 온 것은, 모두가 마술적으로 보전된 것처럼 책 속에 담겨 있다. – 토마스 칼라일

◈집은 책으로 가득 채우고 정원은 꽃으로 가득 채우라. – 랭

◈ 책 중에는 가볍게 읽어도 되는 것, 또는 줄거리만 가려서 읽어도 충분

한 것이 있는가 하면 아주 드물지만 잘 이해하며 소화 흡수시켜야 하는 책도 있다. – 프란시스 베이컨

◈ 책은 남달리 키가 큰 사람이요, 다가오는 세대가 들을 수 있도록 소리 높이 외치는 유일인이다. – 브라우닝

◈ 책은 어린이와 같이 소중히 다루어야 한다. 그리고 아무거나 급히 많이 읽는 것보다는 한 권이라도 여러모로 살펴 자세히 읽는 습관을 가지는 것이 좋다. 그냥 훑어보는 것은 책을 읽는 것이라고 할 수 없다. – 존 밀턴

◈ 책은 청소년들에게는 길잡이요, 어른들에게는 즐거움을 준다. – 콜리어

◈ 책은 친구와 같이 그 대상을 적게 해야 한다. 그리고 잘 선택해야 한다. – 토머스 풀러

◈ 책을 가지고 있느냐 없느냐는 교양이 있고 없음을 나타내는 표면적인 표시이기는 하나 또한 구별하기 쉬운 표시이기도 하다. – 칼 힐티

◈ 책을 가볍게 생각해서는 안 된다. 지금까지의 세계 전체가 결국은 책으로 지배되어 왔기 때문이다. – 볼테르

◈ 책을 읽고 사물을 생각한 사람과, 전혀 독서를 하지 않는 사람은 분명히 얼굴에 차이가 있다. – 고이즈미

◈ 책의 가장 좋은 영향력은 그것이 독자로 하여금 스스로 행동하도록 자극하는 것이다. – 칼라일

◈ 책이 그대의 친구가 되게 하여라. 책을 동반자로 삼아라. 책장을 그대의 낙원으로 삼고 과수원이 되게 하여라. 그 낙원에서 즐기라. 그리하면 그대의 희망은 늘 신선하며 혼에는 기쁨이 타오를 것이다. – 이븐 티븐

◈ 책이 없는 생활에서는 쓸쓸한 인생밖에 남는 것이 없다.

– 다케우치 히토시

◈ 한 시간 정도 독서를 하면 어떠한 고통도 진정이 된다. – 몽테스키외

◈ 현대사회에서 사람은 늙어감에 따라 일상생활의 충실과 가치가 그날 그가 책을 읽느냐 않느냐에, 그 이상으로 무엇을 읽는가에 얼마나 의존하고 있는가를 더욱 깊이 느끼리라고 생각한다. – 매슈 아놀드

◈ 훌륭한 책은 독자에게 많은 경험을 주기 때문에 읽고 난 다음에는 약간의 피로를 느끼게 한다. 그런 책을 읽을 동안 독자는 보통 인생의 몇 배나 되는 인생을 사는 것이다. – 윌리암 스티론

–참고 문헌

최효찬 『세계 명문가의 독서교육』 예담, 2015

최효찬 『5백 년 명문가의 독서교육』 한솔수북, 2014

문형선 『어느 책 읽는 사람의 이력서』 책가, 2015

전병국 『고전 읽는 가족』 궁리, 2017

조현행 『함께 읽고 토론하며 글쓰는 독서동아리』 이비락, 2015

데이비드 미킥스, 이영아 옮김 『느리게 읽기』 이마, 2014

이토 우지다카, 이수경 옮김 『천천히 깊게 읽는 즐거움』 21세기 북스, 2016

최종옥 『지혜산책』 책이 있는 마을, 2015

알베르토 망구엘, 정명진 옮김 『독서의 역사』 세종서적, 2017

이순신 원저, 김경수 편저 『난중일기』 행복한 책읽기, 2004

이순신 지음, 이은상 옮김 『난중일기』 지식공작소, 2014

법정 지음, 박성직 엮음 『마음하는 아우야!』 법정스님 편지, 녹야원, 2011

김삼웅 『책벌레들의 동서고금 종횡무진』 시대의 창, 2017

후지하라 가즈히로, 고정아 옮김 『책을 읽는 사람만이 손에 넣는 것』 비즈니스북스, 2016

이수광 『공부에 미친 16인의 조선 선비들』 해냄, 2014

강명관 『책벌레들 조선을 만들다』 푸른역사, 2016

정민 『미쳐야 미친다』 푸른역사, 2005

신영복 『감옥으로부터의 사색』 햇빛출판사, 1990

황희철 『나를 바꾼 시간 독서 8년』 차이정원, 2016

전병국 『천 년의 독서』 궁리, 2017

장은주 『1만 권 독서법』 위즈덤하우스, 2017

김정진 『독서불패』,자유로, 2015

정문택, 최복현 『도서관에서 찾은 책벌레들』 휴먼드림, 2009

김영진 『조선의 괴짜 선비들』 태평양저널, 2017

김병완 『1시간에 1권 퀀텀 독서법』 청림출판, 2017

김병완 『48분 기적의 독서법』 미다스북스, 2016

– 웹사이트

조선왕조실록

한국민족문화대백과사전

다음백과

네이버 지식백과

나무위키

미국대사관

한 우물을 파면 강이 된다

초판 1쇄 인쇄일 • 2019년 8월 15일
초판 1쇄 발행일 • 2019년 8월 20일

지은이 • 김윤환
펴낸이 • 임성규
펴낸곳 • 문이당

등록 • 1988. 11. 5. 제 1-832호
주소 • 서울시 성북구 동소문로 65-2 삼송빌딩 5층
전화 • 928-8741~3(영) 927-4990~2(편)
팩스 • 925-5406

전자우편 munidang88@naver.com

ISBN 978-89-7456-520-6 03800

값은 뒤표지에 표시되어 있습니다.